Geliebter Feind

und weitere Satiren

Paul Swiridoff

Geliebter Feind

und weitere Satiren

Mit Zeichnungen von Klaus Zylla

Swiridoff Verlag, Künzelsau

Gedruckt mit freundlicher
Unterstützung der
Adolf Würth
GmbH & Co. KG

Titelfoto: Detail der Treppe von
St. Michael in Schwäbisch Hall
von Paul Swiridoff

Gesamtherstellung:
Engelhardt & Bauer, Karlsruhe

ISBN 3-934350-29-1

„Nirgends manifestiert sich das Wunder der Schöpfung des Menschseins ergreifender als in der Landschaft des menschlichen Gesichts". Diesen Satz schrieb Paul Swiridoff 1960 in seinem ersten Porträtband *Das Gesicht*. Paul Swiridoff schuf 51 Bildbände; wie ein roter Faden zieht sich durch sein gesamtes fotografisches Werk die Beschäftigung mit dem menschlichen Gesicht. Fünf seiner Fotobildbände sind diesem Thema gewidmet. Und jetzt plötzlich schreibt Paul Swiridoff eine Reihe Satiren?

„In Wirklichkeit war ich nie Fotograf, ich war lediglich ein Mensch, der sich mit den Menschen auf das innigste auseinandergesetzt hat mittels der Fotografie; dass bei diesem Thema vor allem das menschliche Gesicht Vorrang hatte, ist fast selbstverständlich. In Wirklichkeit bin ich zeitlebens ein Mensch des geschriebenen Wortes und der Sprache, die Literatur war und ist mein ureigenstes geistiges Zuhause. So war es auch folgerichtig, dass ich mich nicht nur mit dem menschlichen Gesicht zufrieden gab, sondern mich auch in die Träger dieser Gesichter sprachlich vertieft habe. Einen idealen Hintergrund bildete mir dabei das Leben in dem mittelalterlichen Kleinod Schwäbisch Hall. Dieser Tatsache verdanken die Satiren ihre Entstehung."

Paul Swiridoff
Schwäbisch Hall im Oktober 2000

Inhalt

Sehr geehrter Herr Verleger

Sehr geehrter Herr Verleger,

seit Jahren muss ich schreiben, am meisten, wenn ich nachts aufwache - und ich wache dauernd auf. Wie andere gehe ich ins Bett, schlafe ein und wache auf - und schreibe. Was kann man dagegen tun? Mein Arzt riet mir, vor dem Schlafengehen einen längeren Spaziergang zu machen - zur besseren Durchblutung und zur Förderung des Kreislaufs. Ich habe es getan, bin sofort eingeschlafen und quickmunter, frisch wie ein Fisch nach drei Stunden erwacht, war bester Laune und schrieb und schrieb. Besonders besorgt und erzürnt es meine Frau, dass ich meist fröhlich, ja lachend erwache, ich bin dann nämlich noch im Halbschlaf, aber schon mitten in meiner neuesten Geschichte und beobachte einen meiner Helden bei etwas schrecklich Komischem.

Was glauben Sie, wie eine Frau reagiert, deren Mann nachts aufwacht und lacht. Das Lachen vergeht ihm. Mehr sag ich nicht. Dieser Blick, eine Mischung aus Abscheu, Wut und Verachtung schlägt ihm entgegen, es ist vernichtend. Ich aber kann mich auch dieser Schrecknis nicht hingeben, ich muss schreiben, denn meine Helden warten nicht, haben es immer eilig. Heute Nacht habe ich sogar über den Blick, ja über diese Situation, wie meine Frau mich schweigend, aber mörderisch anblickte, gelacht. Ich hätte das nicht tun sollen, aber eine Person in meiner neuesten Geschichte, an der ich gerade schrieb, drängte so, weil ich mit Schreiben nicht nachkam -

meine Helden warten meist, wie der Chef beim Diktat. Da sagte meine Heldin, mir war, als wenn sie mir's diktierte: „Du bist das Letzte, das geht zu weit," und in diesem Augenblick steht meine Frau wütend auf und sagt auch: „Du bist das Letzte, das geht zu weit," und lässt die Tür wütend ins Schloss fallen.

Herr Verleger, Zufälle über Zufälle ereignen sich in meinen Geschichten. Wissen Sie, das ist so: Ich verbringe ganze Nächte damit, alles, was mir einfällt, alles, was ich komisch finde- und nachts finde ich alles komisch - in Szenen umzusetzen. Glauben Sie mir, Herr Verleger, diese Schübe nächtlichen Schöpfertums ruinieren mich, ja zerrütten auch meine Ehe. Denken Sie, ich bin seit dreißig Jahren, inzwischen zum dritten Mal, zeitweise sogar glücklich verheiratet. Jetzt aber fürchte ich, dass ich an meiner Kreativität krepiere.

Doch nun, Herr Verleger, muss ich Ihnen das Seltsamste, ja das Ungeheuerlichste eröffnen: Wenn ich morgens aufstehe, verbrenne ich prompt alles, was ich nachts geschrieben habe. Und das jeden Tag. In meinem Jammer ging ich zu einem anderen Arzt und eröffnete ihm, dass mich meine Frau für verrückt hält. „Das ist ganz normal", sagte der Arzt, „da sind Sie nicht allein. Freuen Sie sich, wenn es weiter nichts ist." Ich bedeutete dem Arzt, dass ich ihn unter vier Augen zu sprechen wünschte. Als wir allein waren, erzählte ich ihm, was mich zu ihm führt, dass mich meine Frau für verrückt hält. Und was glauben Sie, was der sagte? Nichts. Ja er lachte mir ins Gesicht: „Sie sind druckreif, lieber Herr. Das ist ganz normal. Aber ganz so unrecht hat Ihre Frau vielleicht doch nicht." Ein Unmensch von Arzt fragte nun noch, ob ich etwa auch körperliche Beschwerden hätte. Als ich verneinte, reichte er mir die Hand. „Leben Sie wohl und seien Sie froh. Gesundheit ist das höchste Gut, mit ein bisschen Verrücktheit lebt sichs nicht schlecht. Adieu, adieu," und schob mich, mehr als ich ging, mit hartnäckiger Freundlichkeit nach draußen.

Wieder ging ich zum Arzt, natürlich zu einem anderen. Ein Freund, dem ich mich offenbart hatte, riet mir dringend, zu diesem Mann zu gehen. Ein Psychoanalytiker, der, was immer man ihm erzählt, immer das, was dahinter steckt, errät. Ich musste mich auf eine Couch legen und erzählen. „Ja," er sagte, indem er sich oberhalb meines Kopfes zu mir setzte, „und nun erzählen Sie mir mal alles, alles, woran Sie sich aus ihren frühesten Kindertagen erinnern können. Das Schöne, aber auch das Schlimme, auch das Allerschlimmste." Zuerst dachte ich, mein Gott, der spinnt also auch, aber dann fand ich's ganz lustig, erinnerte mich und dachte - und schlief schließlich sicher bei einer harmlosen kindlichen Ferkelei ein. Als ich erwachte, war ich alleine, der Arzt war weg, vielleicht lauschte er den Geschichten eines anderen Patienten. Dann, als ich schon aufrecht saß, vollkommen bei mir war, mich sehr wohl fühlte, kam er plötzlich zu mir herein, sah mich sehr teilnahmsvoll an und sagte: „Wir sind auf dem Wege, auf dem richtigen Weg, Ihr Inferno aufzubrechen. Heute in acht Tagen um die gleiche Zeit sehen wir uns zur nächsten Behandlung wieder." Dabei überreichte er mir mit den Worten „der Einfachheit halber wird nach jeder Behandlung abgerechnet" seine

Liquidation. Als ich die Summe sah, war ich sofort hellwach, wach wie in der Nacht, nur nicht so zum Lachen und so guter Stimmung. Es war der teuerste Mittagsschlaf meines Lebens.

Doch zurück zu meinen Schuldgefühlen. Gegen Abend waren die wie immer weg. Ich fühlte mich frei und freute mich wie ein Flitterwöchner auf die Nacht, ja ich war geradezu gespannt, was sich ereignen würde. Herr Verleger, es ereignete sich nichts. Zuerst schlief ich, dann wachte ich ordnungsgemäß auf und schrieb. O, wie ich schrieb, es schrieb sich von alleine. Nun aber kam am Morgen das Schlimmste, was mir passieren konnte. Als ich ans Verbrennen ging, sagte mir meine Frau mit einem Unterton von Hohn in der Stimme: - „Und Paulchen?“ - „Wieso so zärtlich am Morgen?“ frage ich zurück, weil ich ja meine Frau kenne. „Wo“, fragte sie mit einigem Spott in der Stimme, „wirst du wohl ab heute dein Brandopfer veranstalten?“ „Was soll die Frage, willst du mich provozieren?“ „Nein, mein Lieber, das will ich nicht. Aber du hast vergessen, dass wir gestern von Kohle auf Gas umgestellt haben. Hast du denn die Handwerker nicht gesehen?“ Der Blitz schlug ein! Meine Frau trat zu mir, ergriff ein paar Blätter, Nahrung für das geplante Brandopfer, und fragte, nicht ohne einen Anhauch ehelichen Mitgefühls: „Darf ich?“ Sie wollte lesen, meine Frau lesen, etwas, was sie außer Illustriertenlektüre von Hinz, Kunz und anderen Versandhyänen kaum je tat. „Nein, du darfst nicht,“ sagte ich schroff, gekränkt und so unverbindlich wie ich nur konnte.

Nun saß ich in der Patsche, nicht nur sah ich meine ganze Nachtarbeit gefährdet, schlimmer noch, ich selbst hatte ja diese verdammte Umstellung empfohlen, weil ich es unter meiner Würde fand, täglich mehrmals in den Keller zu gehen, um Kohle nachzulegen in unserer Zeit! Nein, damit sollte es ein Ende haben. Jetzt erinnerte ich mich auch an die schicken Schalter da und dort, die ein Elektriker montiert hatte in den letzten Tagen zum Einstellen der Temperatur. Ja, wir wollten zeitgemäß beheizt werden, und ich hatte an alles gedacht, nur nicht ans Wichtigste. Was tun?

Doch wie schon das Sprichwort sagt - oder steht es gar in der Bibel -, wenn die Not am größten und so. Und genau so kam es auch. Die Hilfe kam per Drucksache mit der Morgenpost, lag bereits im Briefkasten. Lebenshilfe, eine Anzeige in meiner Zeitung, stellen Sie sich das vor. Ein Institut für Rationalisierungsfragen erbat einen Termin, um mir gegebenenfalls in einschlägigen Problemen Hilfestellung zu geben. Heureka, dachte ich wie weiland Archimedes. Ich schnürte die Blätter der letzten Nacht zu einem Bündel zusammen, fasste das Bündel und Mut, verschloss das erstere in meinen Schreibtisch, griff mit letzterem zum Telefon, um Professor Dr. Richter, Direktor des arbeitswissenschaftlichen Instituts von Heklaraka, einer Provinzstadt im Bergland von Peru, der, welcher Glücksfall, nur für wenige Tage in Europa weilen kann, im Hilton unseres Ortes, im Gasthaus zum „Wilden Mann“ residierte und dort jederzeit zur telefonischen Vereinbarung von Terminen verfügbar war.

„Gasthaus zum wilden Mann," dröhnte es in der Sprache unserer Region aus dem Hörer. Ich fühlte mich bedeutsam. „Bitte, Herrn Professor Richter." „Professor Richter," kam es wie eine Mischung aus bayrisch und hebräisch voralpin an mein Ohr. Herr Verleger, es war eine Sternstunde, keine Spur von Hemmung trübte das Gespräch, das nach 30 Sekunden zu Ende war und als Termin der Begegnung - ein besonderes Entgegenkommen des Professors, er sagte alle Termine meinetwegen ab -, schon in 45 Minuten in seinem Büro im „Wilden Mann".

Ich war pünktlich und wartete wie ein kleiner Junge am ersten Schultag mit meinem kleinen Blätterbündel, unterm Arm im „Vorzimmer", man hatte den Garderobenschlauch im „Wilden Mann" etwas umfunktioniert, auf das Erscheinen des Professors. Der Professor kam, stand vor mir und, ich kann es nicht anders sagen, mein Herz, all mein Vertrauen gehörten ihm. Endlich einer, dem man sich rückhaltlos offenbaren konnte.

Ich war im voraus getröstet für alles Erlittene, ohne näher darauf einzugehen. Zuerst die üblichen Formalitäten, Unterschreiben von diesem und jenem Papier. Ich hatte die falsche Brille auf der Nase, ich unterschrieb - bei Richter kann man alles unterschreiben -, leistete eine nicht unbeachtliche Anzahlung. Verständlich bei den Preisen und außerdem, ich bin ja schließlich ein Fremder für ihn. Über ihn konnte ich großgedruckt einiges auf den Formularen lesen. Respekt! Da konnte man auch das Kleingedruckte ruhig unterschreiben.

Dann aber ging's los und Professor Richter sah mir lange in die Augen. Der Blick eines Menschenkenners ruhte durchdringend und forschend auf mir. Ich gebe es zu - und es war mir nicht einmal unangenehm, er nahm mich buchstäblich auseinander - mit den Augen.

Als er damit fertig war, waren wir Freunde. Verbündete. Jetzt bin ich aber gespannt, was für Probleme Sie zu mir führen. Schildern Sie, erzählen Sie, stellen Sie dar, offenbaren Sie sich. Sie haben es sicher gelesen unter § 14/c Nr. 23, dass unsereins zu Diskretion verpflichtet ist. Darum heraus mit der Sprache. Alles, aber auch alles aus dem Bereich des Privaten, Gesellschaftlichen und natürlich auch rein Geschäftlichen unterliegt dieser Ehrenverpflichtung, darüber zu schweigen. Wenn man wie ich die Welt und die Menschen kennt, wenn man in die Sorgenfalten aller sozialen Schichten einmal hineingeleuchtet hat, weiß man, dass es weder Privates noch davon zu Trennendes gibt. Es gibt immer nur das Schicksal, das Leben eines Menschen, das sich vor uns manchmal in einer gesegneten Stunde ausbreitet, - wie ich gerne hoffen möchte, in dieser nun kommenden. Ich höre. Was ist das für ein Mensch, Herr Verleger. Nein, das ist kein Mensch, das ist ein Gigant, sagte ich mir sofort. Ich schilderte, ich offenbarte, ja auch das Private, hemmungslos, denn schließlich § 14/c Nr. 23 siehe oben, war der Garant für mich, das Gefühl zu haben, endlich bei einem wirklichen Seelendoktor gelandet zu sein, einem Doktor, der nicht wie diese AOK- und andere Kassenärzte vom Tripper bis zum letzten Schnupfen alles für

Generationen für wen weiß nicht alles speichern. Ich fühlte mich inkognito, als wäre ich wer anderes.

Und so kam ich ins Gespräch, redete und redete. Der Professor hörte zu. Das hätten Sie sehen sollen, wie der zuhörte. Wie ein Raubtier, auf Beute Ausschau haltend, folgte er, ja, hing er an meinen Lippen. Wir wurden auch nicht gestört. Der Professor hatte kurz und bündig nach draußen gesagt: „Bitte keinen Anruf verbinden, unter keinen Umständen. Erst morgen wieder." Von meiner Kindheit erzählte ich, von meinen ersten Erlebnissen, ja auch meine drei glücklichen Ehen brauchte ich nicht zu verschweigen und genauso wenig, wie sie jedesmal endeten. Mag sein, dass meine Stimme an irgendeiner Stelle bei diesem Thema ins Stocken kam. Plötzlich spürte ich die Hand, diese gütige Hand meines Freundes, des Professors auf der meinen. Nicht lange, aber immerhin, ich spürte Teilnahme, Teilnahme, die zu Herzen ging.

Ich war gerade kurz vor meiner letzten Eheschließung angekommen, als er mich um eine kleine Pause bat. Herr Verleger, Sie werden es kaum glauben. Wissen Sie, was der Professor holte? Ein Taschentuch. Mein Schicksal hatte ihn umgeworfen, diesen Giganten, diesen Mann, gedörrt in unermesslichen Höhen des peruanischen Hochlandes, durch die Foltern der Zeit geläutert, vom Jammer gebleicht. Wenn auch sicher der Rest des letzten Urlaubs als gedämpftes Braun noch da und dort in seinem Gesicht schimmerte, unter der Haut war es pures Leid, Mitgefühl. Er saß wieder vor mir, machte mir Mut fortzufahren. Ich konnte nicht anders, ich musste ihm zunächst meine Bewunderung darüber aussprechen, dass es ihm gelungen sei, bei all den doch realen Bezügen, die seinen Beruf beinhalten, so tief ins Menschliche einzudringen. Er winkte ab und sagte kleinlaut und bescheiden: „Sehen Sie, Ihr Körper besteht aus fünf Billionen Zellen - und mindestens ebensovielen Möglichkeiten des Schicksals. Sie haben mich aufgewühlt. Noch nie habe ich meinen Beruf so geliebt wie heute.“ Ich fühlte Stolz, ja Stolz.

Doch nun kam ich zum Kern meines Problems, zu meiner Nachtarbeit. Der Freund, so nenne ich den Professor nach der kurzen, aber nachhaltigen Vorgeschichte, wurde noch aufmerksamer. Ich spürte, das war Neuland für ihn, so etwas hatte er noch nie gehört. Er unterbrach mich, sagte mir, dass dies der erste Fall einer Krankheit sei, die er zum ersten Mal an einem Menschen feststelle. Ich fragte besorgt, wie er denn diese meine Erkrankung nenne. Das wisse er noch nicht, er müsse darüber nachdenken, er werde es mir, wenn er soweit sei, mitteilen. Denn, so sagte ich mir, was nützt die schönste Krankheit, wenn man nicht weiß, wie sie heißt.

Ich verschwieg auch die Differenzen, die ich mit meiner Frau immer wieder des Nachts hatte, nicht. Und nicht nur nachts. Ja, auch das musste raus. Und dann natürlich die Sache mit dem täglichen Verbrennen. O, das wirkte. Ich fühlte es genau. Ich war bei Elco angelangt, Elco, dem Brenner, und komisch, damit stand ich vor den Trümmern meines Lebens.

„Sie sind am Ende?“ fragte er teilnahmsvoll. „Ja,“ sagte ich. „Lieber Herr, Sie sind ein ernster, aber unerhört interessanter

Fall.“ „Kann man mir helfen?“ fragte ich, ohne ein Zittern in der Stimme zu unterdrücken. „Ja, ich kann Ihnen helfen, - helfen, hören Sie mir gut zu und versuchen Sie, die Bedeutungsmerkmale meiner Worte wohldifferenziert aufzunehmen. Helfen kann ich Ihnen, heilen kann ich Sie nicht. Seien Sie froh. In Ihrem Fall wäre Heilung ein Verbrechen, eine Untat. Ich gratuliere Ihnen.“ Lieber Herr Verleger, diese Worte waren höchster Anspruch an die Dehnungsfähigkeit meiner Haut. Ja, ich gebe zu, ich platzte fast vor Hochgefühl. Endlich eine menschliche Stimme, der ich zu glauben bereit war. Und zwar schnurstracks. Langsam verringerte sich mein Volumen auf das übliche. Da überfiel mich plötzlich Angst, einfach Angst, denn der Professor hatte ja das Ergebnis meiner täglichen Nachtarbeit - oder sagt man richtiger nächtlichen Nachtarbeit - noch keines Blickes gewürdigt, keine Zeile von dem gelesen, was ich geschrieben habe. Ganz vorsichtig und wohl auch etwas kleinlaut sagte ich: „Herr Professor, es freut mich, dass Sie meinen Fall nicht ganz negativ beurteilen. Ich bin überzeugt, Ihre Beratung wird mir weiterhelfen. Ich spüre, dass ein Wandel bevorsteht, und doch, erlauben Sie mir ganz freimütig festzustellen, dass Sie doch noch keine Zeile von dem gelesen haben, worum es geht, warum ich hier vor Ihnen sitze, warum ich mich gezwungen sah, Ihre Hilfe in Anspruch zu nehmen.“ „Irrtum, Irrtum,“ erhob sich die Stimme meines Gegenübers, und ich stellte ununterdrückbar eine wache Rigorosität in der Art des Sprechers fest. „Sie leben in einer verkehrten Zeit. Sie kranken an der Kausalität der Dinge. Sie wollen zerstörend in die

Dinge eindringen. Doch lassen wir das. Mich interessieren nur Symptome, die Ursachen sind ohne Bedeutung. Ich weiß, was ich sage, und Sie haben mir's erneut bestätigt.

Ich fühlte mich gekränkt, zurückgeworfen, auf mich verwiesen, ja ich sah alles, was ich glaubte, endlich ins Lot gebracht zu wissen, wanken. So konnte, so durfte das nicht enden. Ich wagte es noch einmal: „Herr Professor, glauben Sie nicht, dass es doch zumindest einen, wenn auch begrenzten Aussagewert hat, das, was ich schreibe, was mich zu dem gemacht hat, das vor Ihnen sitzt. Wollen Sie nicht vielleicht doch einmal einen Blick auf diese Blätter werfen?" Ich spürte es zu meiner Beschämung, meine Worte hatten etwas Flehendes, ein Stückchen Verzweiflung. Ich wollte das nicht, aber ich konnte es nicht vermeiden. „Lieber Freund, Ihr kleines, liebenswürdig und liebevoll verschnürtes Bündel Blätter ist nichts gegen die Tatsache, dass sie mir gegenübersitzen. Und doch muss ich Ihnen sagen, ein Stück Unverbesserlichkeit steckt in Ihnen. Ich komme, weil Sie so beharrlich darauf bestehen, noch einmal auf Ihre mitgeführten Blätter zu sprechen, - und doch muss ich Sie enttäuschen, lesen werde ich sie nicht. Warum sollte ich? Wo war ich doch eben, - ja, bei Ihrer Unverbesserlichkeit. Erlauben Sie mir, dass ich das manisch nenne. Ein Zeichen übrigens von einer bestimmten Form von Genialität. Ich meine dieses fanatische Beharren auf - verzeihen Sie – geradezu lächerlichen Wahrheitsbegriffen, auf Vorstellungen, Beweise, Wirklichkeiten und diesen endlosen sinnlosen Monologen, Phantastereien, die so irrational sind wie die Wirklichkeit. Das ganze Leben ist Erfindung. Beweisen Sie mir das Gegenteil. Wahrheit? Wirklichkeit? Auch Lügen ist schwer. Die ganze Schöpfung ist eine Lüge. Wer hat denn Recht? Dumme Frage. Jeder. Jeder hat Recht. Wir drehen uns im Kreis. Wahrheit? Lächerlich. Es ist absurd. Was nennen wir denn Wahrheit? Stecken Sie sich den ganzen Erlebnisplunder an den Hut, alles ist wahr - und nichts. Da breiten die Leute ihre Erfahrungen aus und meinen, sie seien nun gescheiter geworden durch das, was sie erlebt haben. Aber, wie sagt man es so miserabel und plausibel: das sind zwei Paar Stiefel. Sie überschätzen die Wahrheit, seien Sie nur vorsichtig, Wirklichkeit kann gemeingefährlich sein. Genau, und darum werde ich Ihre Blätter nicht zur Kenntnis nehmen. Denn Wirklichkeit bittet zur Kasse." Eine Pause trat ein. Keiner sagte etwas, und doch wusste ich, dass die Beratung noch nicht zu Ende ist. Nein, sie hatte noch gar nicht angefangen.

Dann, als sei plötzlich das Leben in meinen Freund zurückgekehrt, fuhr er fort: „Wir sind abgeschweift, weit abgeschweift vom vordergründigen Zweck unserer Zusammenkunft. Schauen Sie mich an, dann sehen Sie sich. Freilich, mit einer nicht unwesentlichen Unterscheidung: Sie, mein Herr, stehen in der vordersten Front, Ihr Horizont ist durch das Tagesgeschehen nur zu oft uneinsehbar, verwirrend, wie Sie wollen. Es kommt eben darauf an, wie wir die Dinge sehen, darstellen, erleben oder erleiden, die wir verschweigen, fortlügen aus unserer Existenz. Wir produzieren Zerrbilder der Wirklichkeit, was denn sonst, wir bewegen uns in Verkleidungen.

Das Leben geht weiter, Tag für Tag, Verzeihung, - um im Rahmen ihres Lebensbildes zu bleiben, müsste ich sagen Nacht für Nacht. Unsere innere Uhr tickt und tickt. Sie tickt, so lang er lebt. Na, - und ist es etwa so ungeheuer wichtig, immer wieder das Ohr an die tickende Uhr zu legen? Denken Sie darüber nach. Darum habe ich, lieber Freund, das, was Sie so fein gebündelt mitgebracht hatten, mich geweigert zu lesen. Das Ticken einer Uhr, nichts weiter. Manchmal in seltenen Fällen, verbirgt sich hinter dem Ticken auch eine Bombe. Für Bomben - trefflicher - bin ich nicht zuständig. Bomben. Was sind Bomben. Sie sollten keine Zeitungen lesen. Ich bin für Auswege, ich bin für die Praxis der Teufelei. Darum werden wir auch für Sie ein Rezept finden, - passen Sie auf. Es wird jetzt ernst. Vergessen Sie meine Herkunft, das Hochland von Peru - ist purer Zufall - steht in meinem Fall für Ihr Bündel mit Texten. Nun zu Ihrer Krankheit: Ihre Krankheit ist bares Betriebskapital. Sie staunen? Sie müssen, lassen Sie mich das etwas pervers ausdrücken, Ihr Leiden kultivieren, nein, domestizieren, für den alltäglich fälligen Gebrauch nutzbar machen, mit Gewinn!“

Als er das Wort Gewinn aussprach, schimmerte etwas Mephistophelisches in seinen Augen. War es Spott, verhöhnte er mich nach meinem Jammer? Mir war nicht ganz wohl, ich bekam eine mittlere Gänsehaut. Ich mochte wohl etwas Fragendes in meinem Blick gehabt haben und so fuhr er denn gleich fort: „Sehen Sie, dieser ganze Erdball ist eine unanständig auf Produktion und Verbrauch eingestimmte Örtlichkeit, sagen wir irgendwo inmitten des Weltalls. Umsatz, Produktion und Gewinn, mehr oder weniger bestimmen diese Termini seit Jahrmillionen unser Schicksal. Dabei ist es unwesentlich, ob Sie an die Bibel oder an Darwin glauben. Geschmacksache, das Ergebnis ist nicht unterscheidbar. Doch nun zur Praxis. Sie haben eine merkwürdige Begabung, zum Abschweifen zu verleiten. Wir wollen versuchen, endlich das Thema in den Griff zu bekommen. Lassen Sie mich exemplarisch zusammenfassen. Das, was Sie tun und wie Sie das tun, was Sie tun, und was Sie damit tun, ist Wahnsinn, - nichts weiter als eine kleine Beigabe zu Ihrer Erkrankung!" „Ist eine Zwischenfrage erlaubt, Herr Professor?" brachte ich schließlich hervor. „Bitte," sagte er sehr freundlich und sehr bestimmt. „Sie hatten die Güte, sicher mit gutem Grund, wieder und wieder meine Erkrankung zu erwähnen. Darf ich nun erfahren, wie diese Krankheit heißt?" „Mit Vergnügen," sagte mein Gegenüber, „ich fand tatsächlich einen Namen, einen überzeugenden Namen. Er wird mit Bestimmtheit in die nächste Auflage des Pschyrembel eingehen, und so darf ich mit Ihnen hoffen, dass die Stunden unseres Zusammenseins ein Stückchen Unsterblichkeit durch das klinische Wörterbuch erfahren werden."„Und wie heißt meine werte Krankheit?" Ist es die Möglichkeit, ich hatte diese meine Krankheit doch tatsächlich irgendwie liebgewonnen. „Schizonocturnographopyromanie. Ja, ich sage es noch einmal, sozusagen zum Mitschreiben, Schizonocturnographopyromanie. „Verstanden, ich habe verstanden," sagte ich gewandt und bedeutungsvoll, als hätte mich Britanniens Königin soeben in den Adelsstand erhoben.

„Doch nun zur Therapie, zur gewinnbringenden Therapie. Nachdem wir uns ja den Globus, auf dem wir unsere Tage zubringen, nicht aussuchen können, wollen wir wenigstens den möglichen Profit kassieren.“ Irgendwie bekam ich ein merkwürdiges Gruselgefühl, denn bei aller Glaubwürdigkeit, ja Vertrautheit, die ich meinem Gesprächspartner entgegenbrachte, störte mich doch diese unerbittliche Gradlinigkeit, mit der er mich umstellte. Es gab kein Entrinnen.

„Wo waren wir stehen geblieben? Ach ja, beim Wahnsinn, dabei, dass das, was Sie derzeit und wie Sie es betreiben, Wahnsinn sei. Sie müssen rationell vorgehen, Ihre Tätigkeit rationalisieren. Kurz und gut, Sie müssen es genauso machen wie ein Fabrikant, - und der kann es sich auch nicht leisten, das, was seine Mitarbeiter während des Tages produziert haben, nachts zu verbrennen.“ „Aber,“ wandte ich ein, „ich verbrenne ja am Tage.“ „Und genau das wird in Zukunft nicht mehr geschehen. Damit ist Schluss,“ sagte er bestimmt und jeden Widerspruch ausschließend. „Anpassung ist das Zauberwort. Sie müssen Ihren Arbeitsrhythmus dabei nicht einmal ändern, Ihre nächtliche Schreibwut können Sie ungebrochen auch in Zukunft toben lassen. Ja, das müssen Sie sogar, denn das ist ja Ihr gewinnbringender Produktionsprozess. Passen Sie auf. Verkaufen Sie das, was Sie nachts schreiben, am Tage! Es wird nichts mehr verbrannt! Wo kommen wir da hin? Jeder Fabrikant macht es genauso. Und was glauben Sie, wie die leben!?

Lieber Freund, Sie haben es gut, Sie werden es gut haben, denn Sie sind oder werden ein Einmannbetrieb sein. Seien Sie froh, bei den Sozialabgaben, Steuern und gar 13. und 14. Monatsgehalt. Und wofür? Für nichts. Nein, Sie sind ein Glücksfall. Außerdem sind Sie schrecklich gesund, denn ein Normaler steht das ja gar nicht durch." „Also doch verrückt, Herr Professor?" „Natürlich sind Sie verrückt, aber gewinnbringend. Streicheln Sie Ihren Wahnsinn. Doch nun zur Therapie: Sie müssen mit Ihrer Ware an den Markt."

Ich wandte ein: „An den Markt, - ich habe doch keine Radieschen oder Eier gelegt oder zu verkaufen." „Warum denken Sie beim Verkaufen immer an etwas zum Essen?" fragte mich der Gelehrte, alles ist käuflich und alles ist verkäuflich. Denken Sie doch an das öffentliche Leben, an die Politik - ihre Produktion muss an einen Verleger verkauft werden, ja, einen Buchverlag. Die machen für das, was andere schreiben, Reklame und verkaufen es als Bücher und leben davon. Übrigens, mit dieser Berufsgruppe verbindet Sie ungemein viel. Nur, die sind schon weiter, haben eingesehen, dass es, um mit Tucholsky zu reden, ungemein wohlschmeckend ist, Sekt aus den Hirnschalen seiner Autoren zu schlürfen." „Und ich?" fragte ich mit einer nicht zu überhörenden Ängstlichkeit. „Auch Sie werden leben, auch Sie," erwiderte er und fügte begütigend und leicht sophistisch hinzu. „Im Übrigen freut es mich, dass ich in Ihnen nun doch die Profitbestie aus ihrem Schlaf geweckt habe, denn nun haben Sie endlich einmal etwas Menschliches gesagt. Sie haben an sich gedacht, das fand ich gut." Irgendwann kriegt auch der, der ein Buch oder eine Geschichte geschrieben hat, etwas ab, nur muss ein Autor eben Geduld haben, nennt man Honorar, wird steuerlich etwas günstiger behandelt, als wenn Sie etwas - bleiben wir im Bilde - zum Essen Produziertes verkauft haben. Honorare übersenden Verleger besonders gerne zusammen mit Verrissen Ihrer Bücher der besserwissenden Kritiker. „Und der Verleger, wie reagiert der Verleger auf meine Sendung von Geschriebenem? Freut er sich?" „ Sie sind ein Schatz," sagte er, „ein vollkommener Schatz im Zustand der Unschuld. Wo käme ein Verleger hin, der sich freut, auch noch über ein Manuskript freut. Nein, mein Lieber, das tut kein Verleger, oder er ist keiner." „Ich verstehe," sagte ich ziemlich fassungslos, „ein Verleger hat zum Freuen keine Zeit, der muss ja lesen!" Nun lachte der Professor schon wieder. „Sie sind unbezahlbar. Hören Sie", rief er, „wenn das mit dem Schreiben nicht gehen sollte, machen Sie ein Kabarett auf. Sie verkünden da ewige Unwahrheiten, die einen vom Stuhl zerren. Sie malen Bilder, Bilder, die noch keiner malte: ein Verleger, der liest. Nun hören Sie mal, wo käme ein Verleger hin, der etwas liest oder gar schreibt, außer den Namen unter einen Autorenvertrag. Nein, nein, nein, Sie kommen ja direkt aus dem Himmel! Nein, Verleger sind Leute, die weder das eine noch das andere tun. Dazu haben sie einfach keine Zeit. Verleger sind immer überarbeitet, immer begeistert, - das gehört zum Beruf, besonders am Beginn einer Verbindung zu einem gefragten Autor. Verleger müssen die Ware im Großen verkaufen, müssen ihre Fabrik repräsentieren. Verleger sind sozusagen die Protokollchefs, Inhaber und Präsidenten der Geistfabriken unseres Planeten, auch wenn sie sich meistens für die Produzenten selbst halten - ein typischer Fall von Übertragung - ein Begriff aus der Psychoanalyse.

„Und wer," frage ich, „soll das lesen, was ich nun geschrieben habe?" „Warum lesen und warum Sie geschrieben haben? So weit sind wir noch nicht. Doch seien Sie unbesorgt, was glauben Sie, was die Leute alles kaufen und Bücher erst recht, einfach, um sie zu haben, sich mit ihnen zu identifizieren, ihnen einfach und schlicht auf den Rücken zu sehen, so wie man einer schönen Frau, wenn schon nichts anderes, auf den Rücken sieht, nachschaut, wenn man ihr begegnet."

Ich hatte nun viel erfahren, ganze Horizonte öffneten sich. „Und wer," fragte ich, „liest denn nun das, was ich geschrieben habe?" „Richtige Frage. Ich wartete darauf. Das Lektorat, der Lektor, das ist der Mann oder die Frau im Verlag, die nun tatsächlich lesen, aber dafür keine Ahnung haben von Literatur. Viele Jahre muss so ein Lektor die Uni behelligen und Germanist werden, bis er so weit ist, dass er Manuskripte als unbrauchbar zurücksenden kann. „Und," fragte ich, „warum soll ich dann meine Manuskripte überhaupt an die Lektoren senden?" „Damit Sie es schneller wieder zurück bekommen, mein lieber Sandmann, um es an das nächste Lektorat des nächsten Verlages zu senden. Vergessen Sie nicht, ein wirklich gutes Manuskript wird mindestens dreißig Mal zurück gesandt, bis sich einer findet, der es druckt, wenn überhaupt." Ich bohrte weiter: „Und dieser Verlag, welcher das Manuskript erwirbt, ist der erste Verlag, der merkt, dass das, was ich geschrieben habe, gut ist." „Wer spricht von gut. So einfach ist das nicht. Ein Buch ist noch lange nicht gut, weil es gedruckt wird, das Drucken ist purer, wenn auch glücklicher Zufall, und vom Lesen wird ein Buch auch nicht besser. Sehen Sie, ein Buch muss gekauft werden, und damit es gekauft wird, muss es gedruckt werden, und damit es gedruckt wird, muss es der Lektor gelesen haben, und damit es der Lektor lesen kann, muss es an ihn gesandt werden, und damit es an ihn gesandt werden kann, muss es geschrieben werden. Merken Sie was? Jetzt hat Ihre Stunde geschlagen, jetzt sind Sie dran. Jetzt müssen Sie produzieren. Ja, mein Lieber, das ist der Buchkreislauf. Das ist die Realität des Geistes." Mein Berater war plötzlich aufgestanden und eröffnete mir, dass es Abend werde, was mir übrigens auch nicht aufgegangen war, und er mich in meiner nächtlichen Kreativität nicht zu stören gedenke. „Leben Sie wohl, Sie merkwürdig komischer Nachtwächter," sagte er zum Abschied, dabei verzog sich sein Gesicht besonders nach der linken Seite ins schier unermessliche Breite, um schließlich ganz mit der Tapete zu verschmelzen. Wir verabredeten für den nächsten Morgen ein gemeinsames Frühstück, verbunden mit dem Rest seines Honorars. Als wir uns die Hände schüttelten und ich schon ging, rief er mich noch einmal zurück. Ich schaute mich um: „Es wird nicht mehr verbrannt." „Ich schwöre," rief ich zurück. Etwas zu laut und mit etwas zu viel Pathos.

Sehr geehrter Herr Verleger, das war genau vor einem Jahr. Sie sind nun der einunddreißigste Verlag und Verleger, dem ich, sehr geehrter Herr Verleger, meine Nachtarbeit zu treuen Händen anvertraue. Von dem vielen Hin und Her ist mein Geschriebenes etwas mitgenommen. Ich bin sehr gespannt, ob mein Ratgeber Recht hatte.

Mit vorzüglicher Hochachtung!
Ihr

In diesem Augenblick spüre ich einen Tritt in meinen Rücken, einen Fußtritt. Es war der Fuß meiner Frau, nicht sehr stark, wie eben ein ganz normaler ehelicher Fußtritt einer Gattin ist, und sie zischte mich empört an: „Was schwörst du da und wem?“ Es war stockdunkel. Meine Frau knipste das Licht an, drehte sich zu mir, ich schloss die Augen und hörte: „So, wenn du dich nun auch noch aufs Träumen verlegst, nur weil du nicht mehr verbrennen kannst, lasse ich mich scheiden. Gute Nacht.“ Sie wendete sich von mir ab, der Wand zu und schwieg erbost. Ich hätte den Schwur am Ende meines Traumes nicht so übertrieben beschwörend in das Dunkel des Schlafzimmers brüllen sollen.

Der Tod meines Nachbarn und seiner Frau

Ich habe ein Haus. Es steht mitten in einem schönen Garten. Kaum einen Steinwurf entfernt wohnt Häberle. Hermann Häberle war mein Nachbar. Auch sein Haus stand mitten in einem Garten. So hatte jeder von uns einen Nachbarn. Auch wenn wir zu Häberles kein freundschaftlich nachbarschaftliches Verhältnis hatten, waren wir ihnen trotz mancher Wunderlichkeiten nicht Feind. So oder so, wir wohnten nebeneinander, das war eigentlich alles. Leider waren Häberles ziemlich mürrische, wenn auch auf ihre Weise fromme Leute. Trotzdem schien eine durch räumliche Nähe begründete, auch nur förmliche Annäherung ausgeschlossen. Dessen ungeachtet grüßten wir sie vom ersten Tage an, und wir ließen uns auch durch die Nichtbeachtung unserer uns selbstverständlich erscheinenden Höflichkeit nicht entmutigen. „Es tut auf die Dauer seine Wirkung", sagte ich zu meiner Frau und bekam, wenn auch nur sehr zögernd, Recht.
Zunächst, wie schon gesagt, war gar nichts, dann schien es, als dankten sie auf ihre wort- und gebärdelose Weise, dann nickten sie stumm, wenn wir grüßten, und schon nach wenigen Jahren war unsere Beziehung so innig, dass sie, zumindest für mich erkennbar, dankten. „Du siehst und hörst, was du sehen und hören willst", sagte meine Frau. Man musste diese Geste Häberles tatsächlich sehnlichst herbeiwünschen, um sie zu bemerken. Aber die Zeit gab mir auch diesmal, wenn auch verspätet, Recht. Denn von einem bestimmten Zeitpunkt an erwiderten Häberles den Gruß tatsächlich. Nicht laut, aber die Lippen bewegten sich, man konnte das genau

sehen, und später formte sich sogar der Mund zu einem „Grüß Gott."

Wir konnten nicht klagen, zumal wir neu in die Stadt zugezogen waren und kritische Vorbehalte Neuen gegenüber hier ohnehin ganz normal sind. Eines Tages war der hässliche Zaun zwischen unseren Besitztümern endgültig zusammengebrochen, die Pfähle verfault, der Maschendraht verrostet, baumelte nur noch der den Zaun an der Oberkante einst krönende Stacheldraht in der Luft. Ich war froh. Jetzt sah ich die langersehnte Gelegenheit gekommen, mit Herrn Häberle darüber zu sprechen, was das doch für ein Unsinn sei, dies Abgrenzen, Zerreißen des herrlichen Gartens mit solch hässlichen, abweisenden, ja menschenfeindlichen Utensilien, wie es der nun endlich zerfallene Zaun gewesen war. Ich hatte mich auf diese Unterredung gründlich vorbereitet, denn so Knall auf Fall oder gar im liebenswürdigen Nebenher war bei Häberle nichts zu erreichen. Das war mir klar. Nach längerem Hin und Her über Ort und Zeit der Begegnung hatten wir uns zu einer Tasse Kaffee am späteren Nachmittag auf der Terrasse meines Hauses geeinigt. Von hier aus, ich war fast sicher, dachte ich meinen Nachbarn von der Erbärmlichkeit des seitherigen Zustandes am nachhaltigsten zu überzeugen. Denn fast vor Häberles Nase, so hatte ich die Sitzordnung vorgesehen, würde der Rest des Zauns hin und her wedeln. „Glaubst du, dass ihn der Schrott stört?" sagte meine Frau, meinen Optimismus dämpfend. „Nein", sagte ich, „aber ich versuche es." Es klingelte. Ich tastete, statt die Tür zu öffnen, nach irgendwas meine Taschen ab. „Was suchst du?“ fragte meine Frau. „Einen Zettel,“ antwortete ich wie ein Ertappter. Ja, ich gebe zu, ich hatte mir für dieses Gespräch Notizen gemacht. „Du mit einem Manuskript zu einer solchen Unterredung in einer solchen Sache“ triumphierte meine Frau. „Ja“ sagte ich und saß Häberle gegenüber; nach siebenjähriger Nachbarschaft zum ersten Mal. Es war die Begegnung mit einem Außerirdischen. Da saß er nun, Hermann Häberle, und eine Welle von Fremdheit schlug mir entgegen, ich spürte, wie ich zerfiel, fühlbar zerbröselte. Häberle nahm einen Schluck. Jeder schwieg auf seine vielsagende Weise. Dann sagte er „der ist gut“, er meinte den Kaffee und schwieg weiter. Ein Windstoß kam mir zu Hilfe, indem ein weit herabhängender Ast gegen den Rest dessen, was einst Zaun war, flog, und eine Stacheldrahtschleife, genau wie ich es mir gewünscht hatte, auf Häberles Gesicht zuschwebte. Ich war aufgesprungen, mein Gegenüber vor einer denkbaren Verletzung zu schützen, bog den Draht zur Seite, drückte das, was sich einst Zaun nannte, nach der anderen Seite des Gartens, also zu Häberles Garten hinüber. Ein guter Anfang dachte ich! Häberle hatte sich während meines ganzen Vortrages nicht gerührt. Er nahm als Antwort lediglich einen zweiten Schluck. Da spürte ich, dass man auch durch Schweigen nein sagen kann. Häberle setzte die Tasse ganz langsam auf den Tisch zurück und sagte nach ein paar, mir endlos erscheinenden Sekunden „er ist wirklich gut“.

Irgendwie fing ich an, mir fiel kein anderes Wort dafür ein, Häberle faszinierend, gespenstisch fremd zu finden. Er war wirklich ein Außerirdischer. So hatte mich noch nie ein Mensch durch Schweigen gedörrt. Schweigen, welche Waffe. Herr Häberle aber fand, wie mir schien, diese Form der Begegnung, ihren Anfang und ihren Verlauf, ganz normal. Sein Gesicht entspannte sich, und nachdem er einen weiteren Schluck Kaffees genommen hatte, schaufelte er sich ein Stück Kuchen auf den Teller, griff nach der Gabel und ließ sich's schmecken. Und wie! Diese Art genüsslich schmatzender Gier, ja mit Verlaub zu sagen, offenkundiger Gefräßigkeit, schien zum Bilde des Außerirdischen nicht zu passen. Ein anderer, vollkommen anderer Häberle saß uns gegenüber. Es war erstaunlich, wie Häberles sicher einst riesige und wulstige Unterlippe alles Nährende mit nie vermuteter fröhlicher, gefräßiger Geschicklichkeit, in seine von einem ziemlich zerfurchten Lippenpaar umrahmte Mundhöhle beförderte. Es wurde fast gemütlich. Eine Atmosphäre voll diesseitiger Eintracht, ja nachbarschaftlicher Vertrautheit schien sich anzubahnen, und ich wiegte mich schon in der Hoffnung, dass es einer detaillierteren, ästhetischen oder technischen Erläuterung meines Vorschlags gar nicht bedarf und sich meine ganze Sorge mit einem nachbarschaftlichen zustimmenden Schulterklopfen abtun lassen würde.

Ich wollte Gewissheit haben und kam noch einmal auf das Thema unseres Zusammenseins zurück. Dabei war ich von der Wirkung meiner Worte, sowohl rethorisch als auch sachlich, fest überzeugt, war also sicher, dass sich mein Nachbar meinem Vorschlag nie und nimmer verschließen werde. Als ich fertig war, entstand eine Art Kunstpause, Teil meiner Regie, um der erhofften Wirkung zusätzlich Durchschlagskraft zu geben. Auch Häberle schwieg. Da erlebte ich zum ersten Mal im Leben eine Form der Stille zwischen Menschen, die mich wie eine Botschaft aus einer anderen Welt erschreckt aufhorchen ließ. Und plötzlich wusste ich: Häberles Entschluss stand längst fest. Jede weitere Silbe wäre zwecklos, - pures Wortgeklapper.

Häberles Körper hatte sich versteift, seine Konzentration schien aufs Höchste gesteigert, und sein Gesicht spiegelte eine zwischen Hohn und Verachtung lauernde Intensität. Und jetzt war auch mein „Außerirdischer" plötzlich wieder da. Ich war merkwürdigerweise sogar erfreut über dieses Wiedersehen, tat aber trotzdem so, als wartete ich auf eine Entgegnung, doch Häberle zückte erneut seine bewährte Waffe und züchtigte mich mit seinem Wortgeiz: Er schwieg. Statt einer Antwort schaufelte er sich mit fast eleganter Handfertigkeit ein zweites Stück Kuchen auf den Teller. Seine „Erwiderung" bedurfte keiner Worte. Klar! Mein Weltraumbesucher lehnte meinen Vorschlag ab. Ja, er fand ihn sogar töricht, unzumutbar, wenn nicht sitten- und gesetzwidrig, kurzum, geradezu ekelhaft.

Das hatte mich das Leben in dieser Stadt längst gelehrt: Man braucht in dieser geographischen Idylle nicht unbedingt nein zu sagen, wenn man nein meint. Ein mehr gegrunztes als ausgesprochenes, - dabei teilnahmslos und abwesend erscheinend gemurmeltes „meinen Sie, - ha ja" war Häberle, bei allem aufgebotenen Charme, nicht zu entlocken. Und das heißt hier soviel wie zehnmal nein und nochmals nein. Unser Abschied war trotzdem herzlich, - hier sind alle Abschiede herzlich, - und indem wir uns ganz im Gegensatz zum bisherigen Verlauf unsrer Begegnung lachend und lärmend, lediglich das Wetter beiläufig kommentierend, Herzlichkeit und Übereinstimmung heuchelnd, zum Abschied die rechte Hand kräftig drückten, fassten wir, wie auf ein geheimes Kommando, mit der Linken den Oberarm des Gegenübers, so, als wollte jeder von uns das totale Scheitern der Begegnung, - ich meine Enttäuschung, - er seine Empörung, durch diese Geste erträglich erscheinen lassen.

Trotz besseren Wissens entschloss ich mich, Häberles verbales wohlverpacktes Nein, doch immerhin nicht ausgesprochenes Nein, als Zustimmung auszulegen. Ich ging ans Werk. Meine Frau sagte warnend „du bist gut", - ich sagte: „Ja, weißt du, es gibt Menschen, die sich nicht eindeutig festlegen wollen, - Häberle gehört zu ihnen." Meine Frau erwiderte: „Und es gibt aber auch Menschen, die immer nur das hören, was sie hören wollen, und notfalls das, was sie gar nicht gehört haben, doch gerne gehört hätten, hinzuphantasieren, - und zu denen gehörst du."

Alles, was an die frühere Umzäunung erinnerte, räumte ich, jede Spur verwischend, fort. Drüben bei meinen Nachbarn blieb es still. Kein Protest. Und bald grünte frisches Gras, die frühere Grenze zierend, wie ein Fanal brüderlicher Nähe zwischen unseren Besitztümern. Unsere Gärten gingen, lediglich durch kleine versenkte Steine, den Wechsel des Grundeigentümers anzeigend, fließend ineinander über. Ohne Mehrkosten waren Häberles und wir optisch zu beachtlichen Grundbesitzern geworden. So positiv wirkte sich die aufgehobene Trennung aus, - dachte ich.

Die Zeit ging. Häberles waren schon ziemlich alt. Früher betrieb Herr Häberle ein Friseurgeschäft für Herren; doch nachdem die langen Haare mehr und mehr in Mode gekommen waren, kam Häberle einfach nicht mehr mit. Er schaffte es nicht, den Jungen und mehr und mehr auch den Älteren und Alten die Haare so kunstvoll zu schneiden, dass sie zwar frisch geschnitten aussahen, doch an der ursprünglichen Länge nichts zu fehlen schien. Es gab fast täglich Ärger. Denn wer wüsste es nicht, wie Herren, insbesondere solche, die es noch gar nicht sind, auf einen ihrer Meinung nach misslungenen Haarschnitt reagieren. Sie fühlen sich in ihrer Männlichkeit getroffen, ja verletzt. Häberle bekam Magengeschwüre. Er warf das Handtuch. Er gab auf. Diese Art Haare zu schneiden sei Beschiss, sagte er, als er auf das Gewerbeamt ging, seinen in der dritten Generation bestehenden Handwerksbetrieb abzumelden. Zu seines Großvaters, des Firmengründers Zeit, habe man für einen Haarschnitt vierzig Pfennige bezahlt, und ein Lehrling kehrte minutenlang den Berg Haare auf, der sich zu Füßen des Friseurstuhles angehäuft hatte. Heute dagegen blättert jeder Lümmel, ohne eine Miene zu verziehen, fünfundzwanzig Mark auf die Kasse, und man müsste Glück haben, wenn man beim Versuch, um den Friseurstuhl herum wie früher aufzukehren, auch nur ein Haar fände.

Nein, sagte Häberle, seine Sache sei es nicht, seine Kunden zu betrügen, für buchstäblich Nichts Geld zu nehmen. Und wie diese Bürschchen daherkämen in ihren vorsätzlich auf schäbig und auf alt gequälten engen Hosen, auch so eine amerikanische Verrücktheit, und von Façonschnitt faselten. Die sollten erst mal deutsch lernen, bevor sie ausländische Verrenkungen machten, um schließlich ihrem überheblichen Geschwätz die Krone aufzusetzen und durch die Zähne zischen „Messerschnitt natürlich". Häberle hasste diese neue Technik des Haareschneidens, die trotz seiner Versuche, sie zu erlernen, nur zu Ärger mit den Kunden führte. Und als Häberle vor einigen Tagen einem Kunden am Schluss der Prozedur wie üblich den Spiegel zur Kontrolle hingehalten hatte, entfuhr es dem entsetzten Opfer: „Das nennen Sie Messerschnitt? O.K. für Messerschnitt sind Sie wohl einfach zu alt." Wie schon gesagt, Häberle war verbittert und entschlossen: Jetzt sei Schluss, Schluss für immer.

Er, Häberle, mache da nicht mit. Er nicht. Er sei ein anständiger Handwerker wie sein Großvater und arbeite mit der Schere und nicht wie ein Zauberer mit Kaninchen und Zylinder. Basta, ade! Häberle warf empört und verbittert die Behördentür ins Schloss.

Häberles waren nicht arm. Sie konnten es sich leisten, sich jetzt noch mehr ihrem schönen Haus und Garten zu widmen.

Dies war, wie es sich in Zukunft erweisen sollte, für Häberles eine den Tag fast ausfüllende Beschäftigung. Was gab es nicht alles zu tun! Widriges, Verbotenes, möglicherweise Unstatthaftes galt es zu Ordnung und notfalls Sühne zu führen, wenn nicht mit dem Gesetz zu erzwingen. Endlich fand man auch Zeit, die jahrelang vermissten Verbotsschilder wegen der nicht gestatteten Durchfahrt anzubringen; denn die Zufahrt zu Häberles Haus mündete in eine nichtöffentliche Straße. Herr Häberle legte immer großen Wert auf die Feststellung, am Ende seiner Straße, seiner Privatstraße zu wohnen. Nun prangte unter Hinweis auf mehrere Paragraphen ein Emailleschild auf einem sinnlos hohen Metallpfahl, welches die Benutzung dieses Straßenabschnittes mit fürchterlichen Strafen bedrohte. Es gab zu tun, zum Beispiel Kinder, die lärmten, zu verjagen, und solche, die gar versuchten, diesen der öffentlichen Benutzung durch den Willen des rechtmäßigen Besitzers entzogenen Straßenabschnitt in eine Spielwiese zu verwandeln, oder, schlimmer noch, als Parkplatz zu missbrauchen, zurechtzuweisen, beziehungsweise anzuzeigen. So kam es, dass auch der Schriftverkehr in mancherlei unangenehmen Angelegenheiten mehr und mehr zu einer widrigen Pflicht anschwoll. Da mussten Briefe an die Eltern der Kinder geschrieben werden mit dem Hinweis auf die schrecklichen Folgen unerlaubter Benutzung, wobei auch immer wieder daran zu denken war, auf den Paragraphen unterlassener Sorgfaltspflicht und Aufsicht, das Treiben der Minderjährigen betreffend, aufmerksam zu machen. In Wiederholungsfällen verfügte Häberle über einen ungewöhnlichen Wortschatz, wenn es galt, auf Haftungsfolgen hinzuweisen. Häberles hatten zu tun. Oft bis in die Nacht.

Eine glückhafte Erleichterung im Bereich der privaten Rechtsbetreuung und darüberhinaus eine tiefgreifende Lebenswende ergab sich für Herrn Häberle dadurch, dass dem Antrag seines Sohnes Oskar, nach langem behördlichem Hin und Her, stattgegeben wurde, ihn an das zwar nicht bedeutende, aber doch traditionsbeladene Landgericht seiner schönen alten Heimat- und Vaterstadt zu versetzen. Hier wirkte er nun als Gerichtsdiener. Was lag näher, als dass Oskar seinem Vater, der voller Stolz die erfolgreiche Laufbahn seines Sohnes bisher nur aus größerer Entfernung genoss, nun die Welt des Rechts umfassend erschloss. Oskar Häberle wirkte also am hiesigen Landgericht. In eine schlichte Uniform gesteckt, führte er auf Anweisungen Angeklagte herein und wieder hinaus, Zeugen hinaus und wieder herein, er trug schriftliche Unterlagen von dort nach da und manchmal sogar zum Präsidenten oder zum Richter auf den Tisch, und es kam vor, dass ihm vom Vorsitzenden persönlich etwas ins Ohr geflüstert wurde. Kurzum, er, Oskar, gehörte zum Gesamtvollzug des Rechtslebens in dieser straftatenmunteren und ziemlich händelsüchtigen ehemaligen freien Reichsstadt. Denn hier gab es zum Beispiel kaum einen Todesfall ohne gerichtliches Nachspiel unter den Erben, sofern es etwas zu vererben gab. Familien, besonders aber die begüterten, waren oft schon vor Eintreten des Erbfalles vorsorglich heillos zerstritten. Wenn Oskar nichts hin und her zu tragen oder Personen zu eskortieren hatte, stand er dienstbeflissen an der Tür des Verhandlungsraumes, auf den nächsten Einsatz wartend.

Vater Häberle erlebte nach gründlicher Einführung in die Ablaufformalien einer Gerichtsverhandlung, als er zum ersten Mal bei einer Gerichtsverhandlung dabei war - man kann es nicht anders nennen - eine Wiedergeburt. Ihm war, als habe er ein lebenslang ersehntes, nie erreichtes Ideal endlich in der Wirklichkeit persönlich erlebt. Das gab es also doch, wovon er seit Jahrzehnten träumte: unumschränkte Macht zu bestrafen, Verbot von Widerspruch, oder kraft staatlich verliehener Autorität ruckzuck jemanden, der auch nur fünf Minuten zu spät kam oder überhaupt nicht erschien oder unerlaubt dazwischenredete oder nicht so tat, wie irgendwer wollte, mit Geldstrafen, ersatzweise mit Haft, zu bestrafen. Welche Botschaft!

Um seinen Sohn nicht über Gebühr zu belasten, lieh er sich von ihm aus der Bibliothek des Gerichtes das Bürgerliche und das Strafgesetzbuch samt zwei Kommentarbänden aus. Jetzt wurde aus der schon zur Gewohnheit gewordenen Not, Unbotmäßigkeiten zu verfolgen, eine Lust. Innerhalb weniger Wochen wurde Häberle, zunächst unter Anleitung seines Sohnes, ein phantasiereicher Meister in der Kunst des Gebrauchs dieser Bücher. Das Ausforschen von Paragraphen, oft unter Zuhilfenahme der Kommentarbände und manchmal unter Einblick in die laufenden Veröffentlichungen und ergangenen Urteile - viele davon nur den Gerichten und Anwälten zugänglich, - vor der Öffentlichkeit jedoch noch geheim gehalten -

wurde ihm offenkundig zur unverzichtbaren Wonne. Häberle schien einem Gerechtigkeits-, ja Bestrafungszwang zu frönen, den er rauschhaft genoss. „Wie doch alles seine Ordnung auf dieser Welt hat", hörte man ihn so manches Mal zu später Nachtstunde ergriffen murmeln. Und als er in der Kunst der Unterstellung niedriger Gedanken und krimineller Handlungen Fortschritte gemacht hatte, trieb er es so weit, dass er sich Straftatbestände erdachte und das Urteil selbst, freilich immer im Namen des Volkes, still vor sich hin verkündete. So spielte Häberle Gericht; war Staatsanwalt, Richter, Vorsitzender und Präsident, ja sogar Zwischenrufer war er, der aber kraft der Autorität des Richters oder Vorsitzenden, der er auch war, zur Ordnung mahnte und notfalls mit Ordnungsstrafen belegte. Häberle war einfach alles - nur Angeklagter war er nie.

Häberles Erkenntnisdrang war ohne Grenzen. Er fühlte sich, wenn nicht auf der Schwelle zum Präsidenten, so doch zum Richter und auch Staatsanwalt berufen. Merkwürdigerweise fiel sein Strafbegehren als „Staatsanwalt" beziehungsweise Urteil als Richter meist weit höher aus, als es das Gesetz vorschrieb, weil er mildernde Umstände nie gelten ließ. Die waren ihm verhasst und nur durch seinen noch größeren Hass auf Freisprüche zu übertreffen. Häberle entwickelte sich zum Gerechtigkeitssadisten.

Er empfand Freisprüche zum Beispiel als persönliche Kränkung, als unverdiente Niederlage eines schuldlosen Staates, dessen Rechtspflege er als Bürger durch seine Anwesenheit - im Sinne der durch das Gesetz vorgeschriebenen Öffentlichkeit der Verhandlungen, soweit nicht die allgemeine Sicherheit, Sittlichkeit oder andere schwerwiegende Gründe den Ausschluss der Öffentlichkeit erzwangen, überwachte. Ja, soll denn alle Mühe von der Anklageerhebung und Beweisführung sich in Nichts auflösen dürfen, alles Raffinement der Schuldfindung und manchmal auch mühevoller Schuldkonstruktion vergeblich gewesen sein? Alles Ringen der Staatsanwälte um Schuld und Sühne für die Katz? Nimmermehr und doppelt nein! Häberle litt geradezu mit dem Staatsanwalt, wenn das Gericht dessen Argumenten nicht zu folgen bereit war. Häberle war großer Leidenschaft fähig, ja, er steigerte sich in eine Art Gerechtigkeitsgier hinein, sodass er je nach Lage des Falles gewohnte Schnüffelgänge durch bestimmte Straßen unterließ und sich als Zuhörer ins Gericht schlich, um bei Gerichtsverhandlungen, die er für wichtig erkannt hatte, anwesend zu sein.

Seinem Sinn für Ordnung und seinem Bedürfnis, das Wohlverhalten seiner Mitbürger soweit wie möglich zu überwachen und auch Neues zu erfahren, wurde er dergestalt gerecht, indem er sich bestimmte Rundgänge zur Gewohnheit gemacht hatte. Früher hatte er alles nennenswerte Neue fast lückenlos bei der Arbeit am Friseurstuhl erfahren; denn wer wüsste es nicht, wie gesprächig manche Kunden beim Friseur werden, so, als verwechselten sie den Friseurstuhl mit einem Beichtstuhl.

Kurzum, Häberle war stets im Bilde, auch jetzt, nachdem er sich in eine Art Vorruheständler durch Aufgabe seines Salons verwandelt hatte.

Deswegen also die Kontrollgänge, die er allgemein als der Gesundheit zuträgliche Spaziergänge bezeichnete, die sich für ihn jedoch insgeheim als ergiebige Nachrichtenquelle erwiesen. Denn Recht und Sitte, Moral und Wohlanständigkeit und ihre Sicherstellung durch teilnahmsvolle Einmischung sah er als leidige Bürgerpflicht an, die keiner Ruhestandsregelung anheimgegeben werden dürfen.

Man darf das ohne Übertreibung sagen: Häberle entwickelte sich zum Standbild der Gerechtigkeit. Fast erschrocken merkte er, dass er das wirkliche Ausmaß seines Durstes nach Gerechtigkeit seiner Gattin gegenüber verschwiegen hatte. Denn es kam vor, dass er sich unter dem Vorwand, frische Luft vor dem Schlafengehen zu schnappen, zum Gericht schlich, um am Aushang die zu verhandelnden Strafsachen des nächsten Tages zu erfahren. Kurzum, Häberle war stets im Bilde und hochzufrieden darüber, dass ihm in den letzten Monaten kaum ein Sünder - von Ferner-Liefen-Straftaten und Verkehrsvergehen, Fahrerflucht ausgenommen - entgangen war. Seine Gerechtigkeitswut schien unstillbar. Und als gar der Staatsanwalt, wie nun mehrfach geschehen, ihn als Repräsentanten der Öffentlichkeit mit stummem Kopfnicken zur Kenntnis nahm - Häberle deutete das so, - fühlte er sich hochbelohnt für seine Beharrlichkeit als Bürger, der von seinem Recht, Zeuge des offenen Rechtsvollzuges zu sein, Gebrauch machte. Wie schmerzte es ihn, dass sich ihm diese Quelle des Lebensgenusses, diese unverhohlene Lust an der Gerechtigkeit, erst im fortgeschrittenen Lebensabschnitt erschloss. Wie einem Liebhaber

der Musik der Notenschlüssel als Synonym für Wohllaut und Harmonie steht, wurde Häberle das Paragraphenzeichen zur Offenbarung aller Wonne, verheißungsvolles Symbol für Macht und Züchtigung. Eines Nachts fiel es Häberle wie Schuppen von den Augen, denn er war sicher, den Schlüssel zur Einheit von Schöpfung und Welt entdeckt zu haben. Ihm war, als habe sich ihm das Geheimnis des Universums im Wechselspiel zwischen Schuld und Sühne als Weltformel offenbart. Häberle konnte sich nicht satt denken. Häberle empfand eine bis an die Grenzen seiner intellektuellen Möglichkeiten gehende Lust, Gerichtsverhandlungen, auch mit kompliziertesten Rechts - und Straftatumständen und oft auch mit raffinierten juristischen Spitzfindigkeiten staatsanwaltschaftlicher Unterstellungen ausgestattet, wie er sie ja auch im Rahmen endloser Gerichtsverhandlungen selbst beim Gericht erlebt hatte, nun auch im Rahmen seiner erdachten nächtlichen „Strafprozesse", leidenschaftlich und lebensvoll durchzuspielen.
Wehe seinen Angeklagten!

Der Kosmos seines Rechts - und Strafbegehrens und Begründens gipfelte in so mancher späten Nachtstunde im Glück der Antwort auch auf die allerletzten Fragen menschlichen Seins.

So empfand Häberle zum Beispiel Albert Einstein sehr wohl als anerkennungswerten Denkgenossen im Bemühen um die Konstruktion eines funktionierenden Weltverständnisses, und er schloss messerscharf: Hatte er, Einstein, die Zeit - in der ja, wie man weiß, auch alles Böse geschieht, - als vierte

Koordinate zum Raumzeitkontinuum in die Physik eingebracht, er hatte sich diese Wortfolge silbengenau im Rahmen von zwei Abenden in der Volkshochschule unserer Stadt aufgeschrieben und nach unzähligen Wiederholungen auswendig gelernt -, so war es bei ihm, Hermann Häberle, Strafe und Züchtigung zur Tilgung von Schuld, die einer Welterlösung gleich als Morgenrot den Horizont seines Weltbildes verheißungsvoll zieren. O ja, denn auch sein zerlesener alter Brockhaus war sein nächtlicher Zeuge, wie tief er und mit welcher Inbrunst den Rätseln dieser Welt auf den Fersen war. In summa: Nur durch Strafe ist die gestörte Ordnung wieder ins Lot zu bringen, denn das Böse, das Er, das der Schöpfer nicht zu verhindern vermochte, werde durch Strafe, und nur durch diese, ausgelöscht. Häberle glaubte an Strafe als Allheilmittel und empfand Gericht, Urteil und Sühne - und ganz besonders diese - als Vorgeschmack auf eine sündenfreie Welt.

Ganz ungeachtet solcher Erkenntnisse hatte Häberle trotzdem am üblichen Prozessverlauf mancherlei zu bemängeln. So missfiel ihm die Tatsache, dass ein Angeklagter vor Gericht straffrei lügen durfte; manchmal, wenn ein Angeklagter sich ganz offenkundig allzusehr an der Wahrheit vorbei verteidigte, wurde sein Gesicht ganz schmal, seine Arme strafften sich und die dünnen Finger seiner kleinen Hände umkrampften die Kante der Zuhörerbank. Kein Zweifel, Häberle hatte ein starkes Innenleben.

Merkwürdig, mit der durch Sohn Oskar zugewachsenen „Amtshilfe" mehrten sich auch die Verstöße im Bereich seiner

Grundstücks- und Hausbesitzereigenschaft gegen Recht und Gesetz, die es peinlichst zu ahnden galt. So wurde Häberles Privatstraße immer öfter als Wendeplatte missbraucht, ja sogar als geeigneter Parkplatz von unbelehrbaren Verkehrsteilnehmern genutzt. Und als Häberle eines Abends, spät vom Stammtisch heimkehrend, feststellen musste, dass ein fast vor seinem Haus parkendes Auto, nur flüchtig durch einen Haselstrauch vor direkter Einsicht geschützt, als sündhafte Liebesstatt missbräuchlicher Nutzung diente, war seine Geduld am Ende. Er alarmierte die Polizei. Doch sein Zorn eilte den Wächtern des Gesetzes voraus. Er hatte die Wagentür der glücklich sich Liebenden aufgerissen und voller Empörung die aufgescheuchten Sünder auf die Doppelnatur ihres Frevels hingewiesen, denn, so schrie er, einmal sei es Sünde und Schande, was sie hier trieben, und zweitens sei dies, wie es das Emailleschild vorne an der Straßeneinfahrt verkünde, einzig seine Privatstraße. Aus dem fremdländischen Gestammel des ertappten Genießers stand für Häberle strafverschärfend fest: „Ausländer, Ausländer!", brüllte er, „auch das noch!" „Ithaker, Afrika, vielleicht Arabien, Sahara, Sodom und Gomorrha", schrie er, die verabscheute Geographie des Südens durcheinander würfelnd. Und fast außer Atem brüllte er „fort, fort, fort!" Nun, das war inzwischen nicht mehr möglich, denn der von ihm herbeigerufene Streifenwagen stand wenige Zentimeter vor dem Kühler des Sündengefährtes. Die Beamten nahmen den mit Pathos und Strafbegehren überlaut verkündeten Sachverhalt entgegen. Dann fragten die Beamten Herrn Häberle nach seinem Namen und seiner Adresse. „Herr Häberle“, belehrte einer der Beamten den vor Zorn Bebenden, „hier ist kein Parkverbot, der Fahrer des Kraftwagens behindert im Sinne der Straßenverkehrsordnung niemanden. Zu erforschen, womit sich die im Wagen verweilenden Personen beschäftigen oder einen diesbezüglichen Verdacht zu äußern, ist nicht Sache der Polizei, es bleibt Ihnen jedoch unbenommen, sie danach zu fragen. Und was das Benutzen Ihrer Privatstraße betrifft, steht es ihnen frei, sich die Nummer des Kraftwagens zu notieren und ordnungsgemäß Privatanzeige zu erstatten. Ein Verstoß im Sinne der Straßenverkehrsverordnung liegt mit Sicherheit nicht vor. Wir wünschen Ihnen eine gute Nacht.“

Das war zuviel, viel zu viel. Ehe Herr Häberle zu neuer Zorneswoge Atem schöpfen konnte, waren beide Wagen weg. Häberle stand allein in der Nacht und stammelte, die Hände wütend ins Schwarze des Himmels stoßend: „Die Polizei, dein Helfer, dein Freund und das in Deutschland, mitten in Deutschland.“ Mit einer dem Sternenhimmel anvertrauten Drohung, als Auswanderer auf seine alten Tage Deutschland, seine Heimat, für immer zu verlassen, verschwand Häberle in seinem Haus.

Doch Häberle blieb, trotz dieser fürchterlichen Drohung, seiner Heimat als Bürger und uns als Nachbar erhalten. Der noch in der Nacht herbeigerufene Arzt stellte eine bedenkliche nervliche Überforderung fest und verordnete neben beruhigenden Medikamenten für mehrere Tage strenge Bettruhe. Häberle genas.

Denn nun ist es Zeit, wenn auch spät, auf Sofie Häberle, Hermann Häberles Gattin, zu sprechen zu kommen. Frau Häberles nicht gerade gefühlsbetonte Art der Krankenpflege trieb ihren Gatten einen Tag früher als verordnet aus dem Bett. Die beiden waren seit Jahrzehnten ein mit Sohn Oskar gesegnetes Paar. In all den Jahren unseres nachbarschaftlichen Nebeneinanders hatten wir nie den geringsten Hinweis auf Unstimmigkeiten oder gar Streit zwischen den Eheleuten bekommen. Häberle war im Umgang mit seiner Frau ein unendlich friedensbeflissener Mensch. Sofie Häberles majestätische, respektheischende Erscheinung, die ihren Gatten fast um einen Kopf überragte, hatte auf ihren Mann eine sehr beschwichtigende Wirkung. Ihre etwas unglücklich gewachsene obere Zahnreihe, deren teilweise Ergänzung durch die Kunst eines nur mäßig begabten Zahnarztes, besonders wenn sie sprach - und sie schwieg nur selten - an ein Nagetier denken ließ, machte sie nicht liebenswerter, als sie ohnehin nicht war. Hinzu kam, wie das bei Menschen mit starken Gefühlsreaktionen der Fall ist, ein ständiger Wechsel von gelblicher Blässe zu fast blauroter Färbung des Gesichtes, mit einer leichten Tendenz, in der Erregung anzuschwellen. Das einzig Zierliche an ihrem Kopf waren ihre winzigen Ohren, mit denen sie jedoch, oft zum Kummer ihres Gatten, ganz vorzüglich hörte. Darum hatte sich Herr Häberle Kommentare oder Widerreden im Rahmen von unterschiedlichen Meinungen gegenüber seiner Frau abgewöhnt; er hatte sich statt dessen auf seine lebhafte, aber stille Gedankenwelt zurückgezogen. Was soll´s, dachte Häberle so manches Mal, war die Welt nicht groß und weit genug, seinen Vorstellungen von Gerechtigkeit und Gesetz auch außerhalb der eigenen Wände Befriedigung zu verschaffen? Dabei war er frei von aller Bosheit. Er war ein rechter Mann, ein Mann, dem nichts verwerflicher schien, als sich milde oder gar mit verzeihender Nachsicht vor den Schwächen seiner Mitmenschen, vielleicht auch noch lächelnd, zu beugen. Er hatte bei den unzähligen Gerichtsverhandlungen viel gelernt. Häberle war nun selbst ein Stückchen Staat geworden. Er fühlte sich so. Und gelegentlich, wenn er unter stumm erduldetem Mangel häuslicher Harmonie litt, entzog er sich in Gerichtsverhandlungs-Phantasien und versank in Paragraphenseligkeit. Schwäche hin, Schwäche her, wirkliche oder vermeintliche. O ja, gerade das war seine Stärke, dass er, wo es gar nach Sünde roch, und Häberle hatte eine feine Nase, nie zögerte, diese unbarmherzig zu brandmarken. „Keine Schwäche nicht, keine Schwäche nicht", war ein oft gesprochener Satz von ihm. Er wollte immer nur das Beste und litt zutiefst am Bösen der Welt. Zugegeben, die gerichtlichen Rechts- und Bestrafungsrituale hatten ihn zwar wissender, keinesfalls aber weiser oder gar milder urteilend gemacht, im Gegenteil!

In all seinen Bemühungen um Wahrung von Recht und Sitte außerhalb des Hauses stand ihm, soweit es ihre Zeit erlaubte, seine Frau unermüdlich bei. Ja, man erzählte sich, dass Sofie Häberle ihren Gatten in mancherlei Dingen bei der Verfolgung alles Unstatthaften oder gar Bösen weit übertraf. Um der Gerechtigkeit willen, sagte sie, nähme sie in Kauf, dass man sie fürchtete, ja haßte. Sie hoffe jedoch im Stillen auf den Lohn in jener anderen Welt, wo man sie einst als treue Wächterin in diesem irdischen Jammertal willkommen heißen werde.

Wenn auch unerbittlich, so war Hermann Häberles Wachsamkeit mehr auf Ausspähen und Strafen gerichtet und nicht so sehr auf Vergeltung, ja Rache, wie bei seiner Gattin. Man muss es zugeben, Sofie Häberle erlag gelegentlich der Schwäche, etwas über das Ziel hinauszuschießen. Doch wer ist ohne Fehl? Herr Häberle liebte es zum Beispiel, wann immer nur möglich, besonders aber dann, wenn es auch seinen direkten Interessen nützte, Empfehlungen zum Guten in allgemein gültige Verhaltenweisen zu kleiden. Dabei bevorzugte er Redensarten, die jedermann einen Blick in sein lichtvolles Inneres tun ließen. Er fasste sich zwar kurz, doch hüllte er sich gerne in unverständliche, am liebsten mystische Wendungen. Er war - ohne es zu wissen - auch ein guter Psychologe, und man gab, wie immer in solchen Fällen, seinen Worten mehr Gewicht, als sie verdienten. Zu diesen, wie in Stein gehauenen Sätzen, gehörte auch dieser: „Das Böse mit der Wurzel, mit der Wurzel ....” Auch wenn er den Satz nie zu Ende sprach, lediglich durch die Wiederholung der letzten drei Worte, geradezu verkündigend, dem Gesagten Nachdruck und Gewicht zu geben versuchte, wusste doch jeder, was und wie er es meinte: ernst, sehr ernst und zum Guten mahnend. Solche Art der Verkündigung suggerierte Gesetzestafeleffekt und verlieh Häberle, wie er hoffte, zusätzlich Autorität. Die Wortwahl Häberles wies ihn als erfolgreichen Schüler bei Gericht in der Formulierung unverständlicher, doch für den Laien hoheitlich klingender Redewendungen aus.

Der Sonntagvormittag gehörte bei Häberles ganz dem Kirchgang; weniger um selbst dort gewesen zu sein und gestärkt durch Gottes Wort die kommende Woche als gute Christen zu bestehen, als vielmehr um festzustellen, wer von denen, welche Häberles als ihrer Betreuung anheimgegeben erachteten, nicht dort gewesen waren.

Wann immer Häberles als Wächter über Sitte und Ordnung entbehrlich schienen, widmeten sie sich ihrem Besitz. Er dem Garten, sie dem Haus, lediglich bei Tätigkeiten, welche Sofie Häberles Kräfte überstiegen, stand der Gatte seiner Frau auch im häuslichen Bereich hilfreich bei. Das war nicht oft. Denn Frau Häberle war, wie schon gesagt, eine mächtige, kraftvolle, ja furchterregende Erscheinung, welche sich den Spottnamen „Kinderschreck" redlich verdient hatte. Wenn sie nur etwas schöner gewesen wäre. Darin unterschieden sich die beiden. Zwar war auch er kein schöner Mann, denn er war etwas zu klein, hielt sich gebeugt und hatte ein spitz zulaufendes Gesicht, aus dem die Nase stets wie auf der Flucht vor ihrem Besitzer schien; doch seine Erscheinung hatte den Vorzug großer, ins Liebenswerte karikierter Eindringlichkeit. Wer ihm einmal begegnet war, erkannte ihn sofort wieder. Seine stets himmelwärts gerichtete ziemlich lange Nase gab seinem Gesicht den Eindruck, als sei es einer Märchengestalt nachgebildet. Insgesamt war er eher mager als füllig und es schien, als sei diese Magerkeit bereits Folge eines altersbedingten Bindegewebeabbaus. Außer seinem Gesicht war das Auffälligste an ihm die Art, wie er seine Beinkleider, die Hosen, trug. Dieses Kleidungsstück umhüllte ihn wie eine Wolke. Es flatterte um seine kurzen, nicht eben glücklich gewachsenen Beine. So weit war es! Ob er es liebte, so gekleidet zu sein, oder ob es ein Hinweis auf seinen einstigen Umfang war, wer weiß das? So war Häberle. Den vor einiger Zeit erworbenen schwarzen Anzug pflegte Häberle nur gelegentlich beim Kirchgang, immer aber bei Gericht zu tragen; im Stillen hoffte er auf einen Hauch hoheitlichen Respekts, vielleicht sogar einen Schimmer Würdigung, mindestens aber, sich öffentliche Beachtung mit diesem Gewand zu ersitzen. Zumal bei Gericht das Unfehlbarkeit suggerierende Schwarz auch psychologisch die Aufgabe hat, die Atmosphäre vorsorglich mit Distanz und auch etwas Angst aufzuladen.

Am frühen Nachmittag jenes heißen Augusttages, mitten in den Gerichtsferien also, war Sohn Oskar, der Gerichtsdiener, dem sein Vater in Sachen Rechtspflege und Gerichtsalltag so viel zu verdanken hatte, überraschend im Elternhaus erschienen, um seinem Vater endlich den seit langem heißbegehrten Wunsch zu erfüllen, den Beratungsraum des Gerichtes einmal in aller Ruhe zu besichtigen. Denn Häberle erlebte den Augenblick nach der wortreichen staatsanwaltlichen Sprachfolter mit Strafbegehren, wenn sich der Vorsitzende erhob und mit spürbar schicksalbefrachtetem Ernst in der Stimme verkündete: „das Gericht zieht sich zur Beratung zurück“, als geradezu fröstelnd hoheitsvoll. Endlich sollte er die Brennkammer des Rechts betreten dürfen, den Raum von innen sehen, in dem die gerichtlichen Strafgewitter gebraut werden und deren wohlverdientes Donnerwetter nun auf den Angeklagten als Urteil niedergehen soll. Die Zeit des Wartens, bis das hohe Gericht mit dem Urteil in der Hand des Richters den Verhandlungsraum wieder betrat, verging Häberle, dank seiner sowohl durch das Strafgesetzbuch, als auch durch seine hier am Gericht geübte Gerichts- und Urteilspraxis geschult, wie im Fieber. Häberle saß nicht etwa nur auf die Urteilsverkündung wartend da, - o nein, Häberle trat in eine Art Urteilsquiz oder Wettstrafen mit dem Gericht in Sachen Urteilsfindung ein und machte sich das oft lange Warten zur spannungsvollen Wonne köstlicher Geduldsprüfung seines Richterspiels. Mit der Strafzumessung von Häberles Seite, als „Standbild der Gerechtigkeit", als das er sich fühlte, und von seiten des Gerichts, als im Namen des Volkes zu Recht ergangenen Urteils, endeten die Gerichtsverhandlungen und damit erreichten auch Häberles Richterspiele ihren Höhepunkt.

Vater und Sohn haben inzwischen das Gerichtsgebäude betreten. Der Tag und die Zeit sind von Oskar günstig gewählt, denn auch die so genannte Ferienkammer des Gerichtes, für besonders dringende Gerichtsentscheide, hatte bereits ausgekammert.

Dämmriges Licht von draußen, angenehme Sommerkühle hier drin. Außer dem allbekannten stillen amtlich beamtlichen

Fließen der Zeit ist nur des Hausmeisters lärmendes Hantieren im Untergeschoss zu hören. Das Echo der Fußbodenplatten begleitet die beiden. Dann ist der erste Stock erreicht. Vater und Sohn stehen vor dem Verhandlungsraum. Oskar öffnet die Tür, sie durchschreiten ihn und schauen nun durch die halbgeöffnete Doppeltür in das Beratungszimmer. Häberle tritt durch die Tür. Ihm ist feierlich fröstelnd, denn für ihn hat alles Obrigkeitliche, vornehmlich bei Gericht, staatstragende Würde. Ein großer Tisch, dahinter Stühle, ringsum Regale voller riesiger Folianten mit Gerichtsentscheiden seit 1949 und Akten über Akten, alle Wände voll. Also weder staatstragend noch sonderlich würdevoll. Doch Vater Häberle schwebt längst in einem Irgendwo. „Hier also geschieht's", sagt er betroffen und ehrfurchtsvoll ... Da ruft der Hausmeister nach dem Kollegen Oskar, ihm beim Verschieben eines Aktenschrankes im Kellergeschoss zu helfen. Jetzt ist Häberle allein. Glücklicher Zufall! Göttliche Fügung? Häberle nähert sich dem großen Tisch, befühlt die schöne dunkle Fläche, wird mutiger, wechselt die Seite und steht vor einem Schrank voller Schnitzwerk. Der Schlüssel steckt. Häberles Hände zittern: soll er oder soll er nicht, keine Frage, weder noch, - Häberle muss! Er öffnet die Tür. Ihm ist, als öffne er ein Tabernakel - und erschrickt,- aus der geöffneten Tür tritt ihm - er selbst, Hermann Häberle, entgegen, ein riesiger Spiegel bedeckt die Innenseite der Schranktür.

Im Schrank, sehr ordentlich nebeneinander auf Kleiderbügeln, die schwarzen Roben der Gerichtsherren und darüber auf einem Fachbrett die schmucken Barettchen, der Kopfputz, der bei Urteilsverkündungen und ähnlichen Hoheitsakten aufgesetzt wird.

Da packt ihn ein zutiefst verwerflicher, amtsanmaßender und fast gotteslästerlicher Gedanke. Es ist, als stünde Häberle unter dem Zwang einer höheren Macht: Jetzt oder nie, denkt und handelt es aus ihm. Häberle packt einen Kleiderbügel, zerrt die Robe herunter, schlüpft hinein, richtet flüchtig den Kragen, - greift in das Fach darüber, setzt sich das Barettchen auf den Kopf, als sei es eine Krone. Er horcht ängstlich in die Stille, unheimliche, erdferne Stille umgibt ihn. Wenn je ein Sterblicher einen Blick ins Paradies vollkommener Seligkeit tun dürfte, dann hier und jetzt, da sich für Häberle beim Blick in den Spiegel für Sekunden die Tür zur höchsten Wonne einen Spalt weit öffnet. Häberle betrachtet fassungslos seines Lebens unerfüllten Traum, - um schließlich, nur für ihn hörbar, als wolle er seine realitätgewordene Vision auch verbal auskosten, einige Sätze, wie sie im Rahmen jeder Urteilsverkündung gesprochen werden, zu flüstern. - Doch wie Peitschenhiebe zerreißt das kalte Echo nahender Schritte Häberles „Urteilsverkündung", Oskar kommt! Im Nu fliegen Richterrobe und Barett zurück in den Schrank.

Dann begleitet der Sohn den seltsam abwesend erscheinenden Vater, wortlos, als sei es so vereinbart, zum Hinterausgang des Gerichtsgebäudes. Mehr als ein inneres Kopfschütteln über Vaters merkwürdige Art, abwesend zu erscheinen, erlaubt sich Oskar nicht.

Hermann Häberle geht, nein, Häberle schwebt heimwärts. Erst, als er immer noch voll entrückt vor Sofie Häberle tritt, stürzt er bei ihrem erschreckten Aufschrei: „Hermann, bist Du verrückt, oder tot?“ aus ikarus'schen Sonnenhöhen und schrumpft in Sekunden zu meinem seit siebzehn Jahren vertrauten, im Ruhestand lebenden Friseur, freiberuflich tätigem „Standbild der Gerechtigkeit“, und Nachbarn Hermann Häberle.

Ohne Frage, Häberle führt ein Doppelleben: Als friedensbeflissener Hausherr und Gatte und als imaginärer Gerichtsherr. Beide Funktionen haben die Tatsache gemeinsam, dass er weder in der einen noch in der anderes etwas zu sagen hat.

Seit die im Volksmund als „Tante Emma“-Läden bekannten Einkaufsmöglichkeiten im Zuge des heraufkommenden Zeitalters der Selbsbedienungsläden mehr und mehr verschwanden und auch der letzte Emmaladen in unserer Stadt schließen musste, war für Sofie Häberle die wichtigste Informationsquelle versiegt. Sie hatte jede Lust am Einkaufen verloren. Dafür musste nun Gatte Hermann, ausgestattet mit vielen Einkaufszetteln, endlose Besorgungsrunden drehen, was er soweit wie möglich mit seinen Erkundungsgängen zu verbinden suchte, zumal es in der Stadt von redseligen Zuträgern wimmelte. Seiner fürsorglichen und immer wachen Aufmerksamkeit entging nichts und keiner.

Was darüberhinaus Häberle an Zeit blieb - und das war nicht wenig -, gehörte seiner Liebe zum Garten. Was immer

Häberle im Garten tat, ihm zuzuschauen, war ein Genuss. Sein Gesicht, stets mimisch bewegt, gab seinem Tun große Lebendigkeit und seinem stumm getragenen Kummer über einen unerfüllbaren Lebenstraum einen Hauch entsagungsvoller Würde.

Häberles Art tätig zu sein, forderte geradezu interessierte Anteilnahme heraus. Denn Häberle war beileibe kein Dutzendmensch, - zumal unter diesem Menschenschlag Dutzendmenschen kaum anzutreffen sind. Hier ist jeder, mag er noch so unerträglich sein, irgendwie trotzdem ein bemerkenswertes Original, dem man bewundernd, manchmal aber auch fassungslos, gegenübersteht. Beim Rasenmähen zum Beispiel, hatte man das Gefühl, dass Häberle, von seinen Rechtsstudien natürlich abgesehen, mit einem Gefühl des Verzichtes an seinen aufgegebenen Beruf zurückdachte. Ganz bestimmt aber tat er dies, wenn er mit der großen Gartenschere jene Stellen schnitt, die er mit dem Rasenmäher nicht erreichen konnte. Am stärksten spürte man seine immer noch innige Verbundenheit mit der Schere, wenn er die unser gemeinsames Grundstück gegen Westen begrenzende Hecke schnitt. Gemessen an seiner Kunst im Umgang mit der Schere war ich ein Stümper. So konnte man an der Hecke sehr genau sehen, wo sein Grundstück endete und meines begann. Häberle genoss diesen für alle sichtbaren Unterschied der Heckenpflege. Es war, als blitzte leise Erinnerung an seinen einstigen Salon durch die Luft, wenn er souverän die Schere - schnipp, schnipp, schnipp, über die Heckenspitzen führte.

Verbissen hegte und pflegte Häberle seinen Grund, das Stück Erde, welches Gott ihm überlassen hatte. Manchmal schien es, als sei er in einen Wettkampf mit dem Herrn getreten, zu erkunden, wer von ihnen beiden es wohl besser machen werde. Als ich Häberle einmal nach einem kräftigen Hagelschauer im Garten begegnete und er bestürzt die zerschmetterten Blüten der Obstbäume betrachtete, nickte er mir mit viel Kummer im Gesicht zu und sagte: „Ich hätt's jetzt nicht hageln lassen." Das wird ER, der Herr, dachte ich, sich nicht hinter den Spiegel stecken - und ich war zufrieden, dass auch ER, der Herr, von Häberles Tadel nicht verschont blieb.

Mein Nachbar erlebte seinen Garten ganz im Rhythmus der Jahreszeiten. Düngen, graben, säen, mähen, schneiden, gießen und schließlich ernten, das war seine Garten- und Lebenswelt. Und Häberle erntete gern, gierig und mit Genuss, in der stolzen Gewissheit, sich diesen Segen wohl verdient zu haben.

Im Haus aber war, wie schon gesagt, seine Gattin Sofie am Werk. So, wie ihr die Sauberkeit des Herzens, vorwiegend jedoch die Herzen ihrer Mitmenschen, naheging, kämpfte sie im Haus für die Sauberkeit der Sachen, unbarmherzig, wie sie nun einmal war. Ich mache es kurz: Am liebsten klopfte sie Teppiche .... Ach, man könnte ins Träumen kommen .... wie war das doch? Irgendwann wurde es endlich Frühling. Die Vögel zwitscherten, die Forsythien blühten, das Gras sprießte fast hörbar, und die Bäume und Sträucher trieben unverschämt Knospen über Knospen und Blüten. Eine Orgie der Freude quoll einem aus jedem Tulpenkelch entgegen. Es war ein

Gesang in der Luft! Wir, meine Frau und ich, saßen auf der Terrasse und waren bis zur Sprachlosigkeit bewegt von diesem uns umgebenden überfallartig erwachenden Frühlingsglück. In unseres Nachbarn Haus aber blieb es still. „Sind sie verreist?" fragte meine Frau, denn solche Stille bei solchem Wetter war vollkommen ungewöhnlich. „Wie spät ist es?" fragte ich, „gleich elf", sagte meine Frau. Da hörte man plötzlich Wagengeräusch auf der durch Verbotsschilder vor dem Befahren durch Unbefugte gewarnten Privatzufahrt unseres Nachbarn. Es wird doch nicht irgendwer wagen, Häberles Straße zu benutzen... nein, es hat keiner gewagt. Es war Hermann Häberle mit Gattin, die sich nach der Rückkehr von einem Besuch bei ihrem Sohn Oskar, der durch das tiefe Flußtal getrennt auf der gegenüberliegenden Seite der Stadt wohnte, nach Hause bringen ließen. Als der Taxifahrer bei der Einmündung in die Privatstraße, die Schilder lesend, mit der Weiterfahrt zögerte, klopfte ihm sein Fahrgast gönnerhaft, seinen Besitzerstolz genießend, auf die Schulter und sagte: „Fahren Sie nur, das ist meine Straße, wenn Sie mich fahren, dürfen Sie hier fahren." Unsere Nachbarn waren heimgekehrt. Man hörte Türen auf- und zuschlagen. „Die werden sich aber freuen," sagte meine Frau, als sie hörte, dass Häberles die Terrassentür nach draußen zum Garten, also uns entgegen, öffneten. „Und du wirst Dich wundern," erwiderte ich. „Ach du," sagte meine Frau milde und glücklich, denn sie war frühlingsbewegt. Die Terrassentür unserer Nachbarn flog auf. Wir winkten ihnen zu, wie man das an solchen Frühlingstagen tut. Sie winkten knapp zurück, als seien sie in großer Eile. „Schnell, schnell, schnell," hörte man die Stimme Sofies, „Hermann, schnell, schnell." Die Worte schlugen wie Frevel an unsere Ohren. Der Gesang in der Luft verstummte. Wir erstarrten: drüben wurden Fenster aufgerissen, als gelte es zu flüchten, Türen in großer Eile ins Schloss geworfen. Und dann, Lärmen von Hausrat, der auf die Terrasse geschleppt wurde. Möbel kamen zum Vorschein, mehr geschoben als getragen, Kleinmöbel vor allem, sie sollten, wie uns Frau Häberle vor Glück winkend herüberrief, endlich einmal wieder Frühlingssonne und -pflege erfahren. Die Frau wirkte, als kämpfe sie mit blanken Armen ums Überleben. Jetzt waren die Betten dran. Der Garten dröhnte von der Lust und Weise unserer Nachbarn, dem Frühling und ihrem Hausrat reinigend zu huldigen. Das muss man gesehen haben, Häberles Bettenrahmen haben ein Fassungsvermögen, das jeder Fantasie spottet. Sie schleppten und schleppten, zunächst die Teile der Bettlade selbst, dann die Laken, dann die Kissen, je Bett vier. Schließlich kamen auch die Zierkissen, welche tagsüber das Nachtleben unserer Nachbarn zierten, zum wohlverdienten Frühlingsfest. Der herrliche Rasen schien in eine einzige Hausratdeponie verwandelt zu sein. Irgendwann müssten sie doch müde werden, dachte ich. O nein, denn nun kam Teppich um Teppich zum Vorschein, sieben insgesamt, Frau Häberle verschwand für einen Augenblick im Haus und stand nun, das Gesicht ungewöhnlich erregt und gerötet, mit einigen Teppichklopfern vor ihrem Mann. Sie schien kraftvoll und entschlossen; prüfte die Biegsamkeit der Klopfinstrumente, ergriff einen, den größten, ließ ihn mehrfach vor- und zurückschnellen. „Der," sagte sie mit Triumph in der Stimme, ging an die Teppichstange, auf der das erste Opfer hing, und schlug los. „Es muss ein besonderer Tag sein, heute," sagte meine Frau, denn so gewaltig wie heute schlug sie meist nur zu, wenn wir Gäste hatten und auf der Terrasse saßen. Heute waren wir allein und es bedurfte also keines zusätzlichen Anreizes, um sie in Hochform zu bringen. Kein Staubkorn verließ den Teppich. Er blieb hartnäckig. Nicht eines zitterte in der Frühlingsluft, was Frau Häberle jedoch zu noch größerer Intensität im Zuschlagen ermunterte. Als gelte es, einen verstockten Sünder zur Reue zu bringen, so prügelte sie auf den Teppich ein. Eine Demonstration des äußersten Willens zur Sauberkeit rollte vor unseren Augen ab. Als wollte sie sagen, auch wenn Du zerfällst, dann wenigstens sauber! Wir, meine Frau und ich, saßen mit gesenkten Köpfen da, keiner wagte es, den anderen anzuschauen, als wenn man sich sträubte, die eigene Traurigkeit und den eigenen Zorn im Auge des anderen zu sehen. Das Klopfen verstummte. Der erste Teppich war erlöst. „Hermann," rief Frau Häberle. Er war sofort zur Stelle, schleppte das verprügelte Stück ins Haus und hievte anschließend mit Hilfe seiner Frau einen noch größeren Teppich auf die Stange. Die kurze Klopfpause hatte Frau Häberles Kräfte neu belebt, denn jetzt schlug sie noch energischer und schneller fast als sich hören ließ, geradezu wütend zu. Kaum hatte sie für dieses Stück die Schlagfolge gefunden, da geschah's. Frau Häberle sank kraftlos in die Arme ihres

Gatten, der merkwürdig gelassen seine riesige Frau ins Haus schleppte, denn sie zu tragen war er keinesfalls fähig. Schneller, als ich meine angebotene Hilfe wahr machen konnte, war er mit seiner angetrauten Last im Haus verschwunden. Meine Frau und ich waren erschrocken, verwirrt - man denke, welcher Frühlingstag, und nun war sie vielleicht tot! Doch sie lebte. Herr Häberle trat auf die Terrasse und rief uns herüber, dass seine Frau wieder zu sich gekommen sei. Sie fühle sich jedoch sehr schwach und wolle schlafen. Tröstlich, dachte ich, dass Frau Häberle auch ganz natürlicher physischer Reaktionen fähig ist, auch wenn sie erst im Rahmen eines Kreislaufzusammenbruchs zum Vorschein kommen. Den im Garten ausgebreiteten Hausrat würden sie zunächst liegen lassen. Und Herr Häberle hoffe nur, dass es nicht regnen würde und dass es uns nicht störe, zumal ein Teil ihres Hausrates auf unserem Rasenstück läge. Herr Häberle fügte hinzu, seine Frau habe sich auf die Arbeit so gefreut, denn es gäbe doch wirklich nichts Besseres für die Sachen als Frühlingssonne. - Und jetzt das! „Einen schönen Tag, Herr Häberle, und baldige Genesung für ihre Frau."

Nach mehrtägiger Bettruhe und täglicher Visite des Arztes schien sie wiederhergestellt, doch nach einem allzu leichtfertigen Versuch Frau Häberles, die alten Pflichten entgegen dem ärztlichen Gebot, in gewohntem Umfang aufzunehmen, erlitt sie einen ernsten Rückfall. Sie musste ins Krankenhaus und kam erst nach Wochen wieder nach Hause. In dieser Zeit war es erstaunlich, mit welcher Sorgfalt unser Nachbar neben

seinem Bemühen, das übliche Stadtgeschehen mit seinen hin- und her wogenden Geschichten und Gerüchten, nicht ganz aus den Augen und Ohren zu verlieren, fast täglich, manchmal mehrere Stunden lang, bei seiner Frau im Krankenhaus verbrachte. Seine „juristische Fortbildung“ bei Gericht kam nun zu kurz und entfiel oft ganz, denn vom Rückfallbetrug bis zur Blutschande wurde, wenn bei letzterer die Öffentlichkeit nicht ausgeschlossen war, nur am Vormittag verhandelt.

Beim Klopfen der Teppiche, was ihm seine Gattin ganz besonders ans Herz gelegt hatte, wirkte er wie ich, wenn ich die Hecke schnitt: stümperhaft. Es war weder die richtige Kraft, noch der absolute Wille zur keimfreien Hygiene in seinem Zuschlagen zu spüren. Kein Vergleich mit seinem ihn ständig mahnenden Vorbild, seiner Frau, wie sehr er sich auch darum bemühte, - oder vielleicht auch nur so tat. Sein Instrument war nun mal die Schere, besonders die kleine, mit der er die an den Kanten, der großen Gartenschere nicht zugänglichen Grasbüschel an den Rändern schnitt. Das Tänzerische, Elegante, das Spielerische war seine ihm vertraute Friseurstuhlwelt, deren verlorenem Zauber er in diesen Wochen verstärkt nachhing. So zum Beispiel, wenn er unvermittelt die Schere von einigen blitzschnell geführten Schnipp-schnipp-schnapp-Schnitten, plötzlich, wie einst auf seinen Kundenköpfen, mal von rechts, mal von links, die Schere ansetzend, über die Gräser fuhr. Verständlich also, wenn ihm manchmal etwas melancholisch zumute war, besonders jetzt, da seine Frau im Krankenhaus lag. Nein, nicht unbedingt ihretwegen, etwa aus Sorge um ihre Genesung, das war es nicht. Häberle spürte, wie da etwas ganz Neues in ihm zu schwingen begann. Diese Wochen großer Stille in Haus und Garten bescherten ihm Stunden, in denen er die behutsamere Gangart des dahingehenden Lebens ganz bewusst zu schätzen und auch zu bewerten, beziehungsweise vom Sinn her zu erforschen begann. Nicht etwa, weil er faul war oder seinen teils selbst gestellten Aufgaben nicht mit dem gewohnten Eifer nachging, wozu auch der schmerzliche Verzicht auf die Anwesenheit bei Gericht zählte. Nein. Häberles vielfältige Energie schien für seine Verhältnisse ungebrochen. Keineswegs war an einen besorgniserregenden Kräfteverfall zu denken. Es war etwas anderes, etwas viel Komplizierteres, was ihn beschäftigte. Häberle begann vieles von dem, was er da täglich seit Jahren tat, wie man so sagt, in Frage zu stellen. Die Hecke scheren, ja, den Rasen mähen, ja, das Obst ernten, ja, den Garten gießen, ja, Unkraut zupfen, ja, ja selbst das gelegentliche Verjagen von Kindern vor dem Haus und in seiner Straße, insbesondere, wenn sie auch noch lärmend und ruhestörend ihre Spiele trieben, war ein Akt notwendiger innerer und äußerer Ordnung, welcher durch das Gesetz gesichert war. Als Häberle jedoch begann, auch das von seiner Frau unerbittlich geforderte tägliche Staubwischen, auch noch in der guten Stube, die er ohnehin nur zum Staubwischen betreten sollte, und auch das ihm haarsträubend sinnlos erscheinende, kräftezehrende Teppichklopfen in seinen Denkprozess einzubeziehen, da regten sich Zweifel über Zweifel. Häberle hatte da eine gefährliche Gratwanderung in Gedanken angetreten, aus der ihn seine Frau im letzten Moment zur Ordnung rufend, auf ihre leider ziemlich erbarmungslose Art zurückpfiff.

Häberle hatte sich an diesem Tag, ganz entgegen seiner Gewohnheit, zu einem Mittagsschlaf niedergelegt und war zunächst in tiefes Nachdenken und dann in wohliges Verdauungsdösen versunken und schließlich sanft, wie von Engeln getragen, eingeschlafen. Da riss ihn, einem Urknall ähnlich, grässlicher Lärm aus dem Schlaf. Die Tür wurde aufgerissen und Sofie Häberle stand wie eine Rachegöttin vor seinen entsetzt aufgerissenen Augen. „Du schläfst?“ brüllte sie ihrem Gatten zu, - „es ist drei Uhr am Mittag!“ Häberle schlief nicht mehr, nein, er bestaunte vielmehr fassungslos das Wunder der plötzlichen Erscheinung seiner genesenen Frau. Man habe sie aus Platzmangel aus dem Krankenhaus entlassen mit der Auflage, jede Anstrengung zu meiden und mindestens die Hälfte des Tages während der nächsten drei Wochen im Bett zu verbringen. Trotz dieser furchterregenden Demonstration von Härte und Kraft, - Frau Häberle war nicht mehr die alte. Die Freude der Heimkehr und die wenig einfühlsame Art, ihren Gatten aus dem Mittagsschlaf zu schrecken, hatte zunächst darüber hinweggetäuscht.

Jetzt war es auch für uns bedrückend anzuschauen, wie diese riesige und ehemals so kraftstrotzende Frau zaghaft, ein Bein vor das andere setzend, am Arm ihres Mannes durch den Garten geführt wurde. Das blieb wohl vierzehn Tage so. Doch bei der guten Pflege und wohl auch, weil Frau Häberle sich jetzt wieder ganz im Schoß des eigenen Lebensnestes geborgen fühlte, änderte sich das schnell. Täglich ging es ihr nun besser. Sie trat wieder fester auf, und schon wenige Tage später schien ihre frühere Gangart und ihr altes Temperament wieder voll durchzuschlagen. Zunächst noch etwas zaghaft, von Tag zu Tag jedoch zunehmend kraftvoller, war schließlich auch ihr altes Zuschlagen beim Teppichklopfen wieder erreicht. So sehr wir uns einerseits über die Genesung unserer Nachbarin freuten, waren wir doch von ihrem wiedererstandenen Laster des Teppichklopfens sehr betroffen. Meine Frau seufzte nur, o Gott! Frau Häberle schämte sich jetzt sogar ihres körperlichen Versagens im Frühjahr. Doch schließlich vergaß sie diesen peinlichen Zwischenfall ganz. Im Gegensatz zu seiner Frau erschien uns Herr Häberle von Tag zu Tag ohne erkennbaren Grund bedrückter. War es vielleicht doch Sorge um seine Frau, die möglicherweise an einer vom Arzt nur ihm anvertrauten Krankheit litt - oder etwa sein nun totaler Verzicht auf die Anwesenheit bei Gericht? Eines Nachmittags, es war einer jener wolkenlosen Spätsommertage, um die Zeit, in der man nicht allzu fleißig zu sein pflegte, betrat Frau Häberle sichtbar verärgert ihre Terrasse und nahm ihrem Gatten, welcher allerdings, vielleicht sogar aus Rücksicht auf uns, nur zaghaft einen kleinen Teppich klopfte, den Klopfer mit kaum unterdrückter Wut aus der Hand, so, als wolle sie ihrem Mann zeigen, wie er zu klopfen habe und klopfte selbst. Wir, meine Frau und ich, hatten uns diese tiefblaue Mittagsstunde nutzend, zu kurzem Ausruhen, nur eben ein bisschen den Himmel anzuschauen, auf die Terrasse begeben. Und nun schlug Frau Häberle, ihrem Gatten mit ihrer Art zu klopfen eine Zurechtweisung erteilend, doppelt zu!

Wir schauten uns entsetzt an. „Schlimmer als früher," sagte meine Frau, verstört dreinblickend. Frau Häberle klopfte von diesem Tag an täglich etwas länger, so, als wolle sie auch die während ihrer Krankheit versäumte Klopferei nachholen, was ihr unseres Erachtens nach längst gelungen war. Als unser Versuch, ein Stündchen unter dem herrlich freien Himmel auf unserer Terrasse zu ruhen, auch am folgenden Tag aus dem gleichen Grund misslang, versagten meiner Frau die Nerven. Den Tränen nahe stand sie auf und sagte, ihren Zorn mit größter Mühe auf ein erträgliches Maß verweisend, jetzt ist's genug, jetzt ist's genug. Das war für mich das Signal einzuschreiten. Ich stand empört und zu allem entschlossen auf, doch mir war klar, was immer ich zu unternehmen bereit war, ich durfte keinesfalls unser gutes nachbarschaftliches Verhältnis gefährden, das könnte,wie meine Frau einmal scherzhaft sagte, lebensbedrohende Konsequenzen für uns haben. Ich muss meine Frau mit meiner Entschlossenheit sehr überzeugt haben, auch wenn ich nicht wusste, wozu ich eigentlich entschlossen war, denn als ich mich erhoben hatte, packte sie mich am Ärmel und flehte mich an, uns nicht unglücklich zu machen. Gut, dachte ich, blieb weiter zu allem entschlossen, ohne etwas zu tun. Frau Häberle klopfte unvermindert weiter. Und da sie mit dem Rücken zu uns stand, blieb ihr unser nervliches Versagen verborgen. Gott sei Dank hatten wir nichts unternommen, außer, daß ich, wie schon gesagt, zu allem entschlossen war. Und siehe da, das Klopfen ließ in den folgenden Wochen merklich nach, und es gab Tage, an denen es, aus welchen Gründen auch immer, ganz unterblieb. Hermann Häberle aber machte uns nun wirklich Sorge. Er schien von Tag zu Tag, zumindest uns gegenüber, niedergeschlagener. Ohne Frage, Häberle litt. Was mag es bloß sein? Wer weiß das? „Aus diesem Menschenschlag kriegt keiner was raus, wenn er es nicht selber will," sagte ich zu meiner Frau. Und dann erfuhren wir's doch, von ihm selbst. „Ach," sagte er aus tiefer Brust stöhnend, er habe das schon seit vielen Jahren sagen wollen, aber er wollte die gute Nachbarschaft nicht gefährden, und da er es uns nun doch sagen müsste, möge man es ihm um Gottes Willen nicht übel nehmen; ja, er bat vorsorglich um Verzeihung, weil er es eben doch sagen muss. „Herr Häberle, was es auch ist, schütten Sie ihr Herz aus, denn das sind Sie unserer seit Jahrzehnten bestehenden Nachbarschaft schuldig, - heraus also mit der Sprache," sagte ich ihn tröstend und ermutigend, geradezu freundschaftlichen Zuspruch wagend. Wir, meine Frau und ich, waren aufs Äußerste gespannt. „Die Sache mit dem Zaun, Herr Nachbar," sagte Herr Häberle, das Geheimnis seines tiefen Kummers preisgebend. „Herr Nachbar," ließ er sich nun flehend vernehmen, und er wirkte verzweifelt und zerknirscht, „dieser fehlende Zaun, Herr Nachbar, die Sauerei, entschuldigen Sie, wenn ich das so sage, bei der keiner sieht, bis wohin ihm was gehört." Er rieb seine kleinen, zarten und vor Erregung zitternden Hände und bat, wir mögen es ihm doch wirklich ganz bestimmt nicht übel nehmen, wenn er da wieder ein kleines Zäunle an die Stelle des einstigen Zaunes mache. Wir waren überrascht und erfreut zugleich, denn es war eben doch nichts Lebensbedrohendes, was er uns da eröffnet hatte. Ich sagte, seine durchlittene Sorge, um unsere gute Nachbarschaft mitfühlend, er brauche sich da keine Gedanken zu machen, selbstverständlich könne er einen Zaun ganz nach seinem Ermessen, die Grundstücke wieder zusätzlich trennend, errichten. Und das Gespräch abschließend wiederholte ich es noch einmal, immer die gute jahrzehntelange Nachbarschaft im Auge, „also, Herr Häberle, Sie können das wirklich gerne tun."

Häberle lebte auf, er schien wie neugeboren. Wie aus dem Boden gestampft standen sie schon am nächsten Tag da, als hätten sie seit langem ungeduldig darauf gewartet, schöne, stramme, zugespitzte, runde Pfosten. Doppelt so lang wie die früheren und dreimal so dick. „Damit sie besser und länger halten," sagte Herr Häberle stolz und glücklich, als ich ihren Umfang voll sprachloser Fassungslosigkeit und unterdrückter Empörung bestaunte. Häberle hämmerte, Häberle versenkte Steine, Häberle ließ einen Geometer kommen, und das Baubürgermeisteramt teilte mir per Einschreiben kostenpflichtig mit, dass ich mir, man setze Unwissenheit voraus und schließe auch Vorsatz aus, einen 14 cm breiten Streifen meines nachbarlichen Grundstücks, - von dessen rechtsmäßigem Besitzer Hermann Häberle, - durch falsch gesetzte, beziehungsweise an falscher Stelle versenkte Markierungssteine, angeeignet hätte.

Einige Zeichnungen, Skizzen und andere Niederschriebe waren dem Brief beigelegt. Ich war froh, noch einmal dem Gefängnis entronnen, dem Zugriff der Gerechtigkeit entwischt und die 14 cm los zu sein. „Nichts für ungut, nichts für ungut, Herr Nachbar", rief mir Häberle, nachdem ich den Behördenbrief erhalten hatte, die gute Nachbarschaft beschwörend, über das rapide wachsende neue Zaunungeheuer lachend zu. Häberle lachte - zum ersten Mal seit unserem Kaffeestündchen vor 18 Jahren!

War das ein Leben! Kaum stand der Zaun, folgte die Hecke, und als sie nach drei Jahren rapiden Wuchses nur noch Herrn Häberles weißes Haar zeigte, wenn er jenseits dieser den Weg zu seinem Haus durch den Garten ging, folgte als Krönung des Zaunes: Stacheldraht, böse blitzender verzinkter Stacheldraht, der nun für alle Zeiten seine Dornen sinnlos in alle Richtungen spreizen sollte. Doch Herr Häberle brachte auch Opfer. So sägte er unbarmherzig den Apfelbaum ab, der auf seinem Grundstück stand, dessen Früchte aber wie seit unserer zaunlosen Zeit teilweise in unseren Garten fielen, wo er sie jederzeit einsammeln konnte. Denn, so sagte er, er möchte uns keinesfalls jedes Jahr im Herbst mit der Frage belästigen, ob er das Fallobst bei uns einsammeln dürfe; und außerdem sei er nun ohnehin zu alt, von seinem Garten aus die Äpfel zu pflücken, die über meinem Gartenboden auf seinem Baum hängen.

In den folgenden Jahren sahen wir von Herrn und Frau Häberle fast nichts mehr. Die Hecke und der Zaun verdeckten sie. Nur das Teppichklopfen, in der Schlagkraft und Häufigkeit zwar vermindert und gelegentlich mit anderen Reinigungsmaßnahmen verbunden, blieb uns erhalten. Wir begegneten uns nur noch in der Stadt, grüßten einander respektvoll und höflich wie seit 25 Jahren und konnten so, weil wir uns ja nicht wie seither, fast täglich, sahen, ihr ganz natürliches Älterwerden verfolgen.

Eines Tags war der Rhythmus beim Teppichklopfen verändert. Irgendwer pfuschte dazwischen. „Rätselhaft, rätselhaft", sagte meine Frau, und wir wunderten uns darüber, wie man sich doch auch an solch ärgerliche Dinge gewöhnt und aufhorcht, wenn sie sich auch nur geringfügig verändern. Unser Jüngster brachte, vom Dachfenster aus erspäht, des Rätsels Lösung: Er, Hermann Häberle, war's. Ja, er musste nun mitklopfen, denn so sagte er mir wenig später, als ich ihn zum letzten Male sah, seine Frau könne nun nicht mehr so wie früher. Zwei Tage später war er tot. Ganz plötzlich hatte er sich der Klopferei entzogen. Die Todesanzeige beklagte in ergreifenden Worten sein plötzliches Hinscheiden aus einem bis zur letzten Stunde durch rastloses Tätigsein und eiserner Pflichterfüllung sowie Teilnahme am öffentlichen Leben seiner Vaterstadt gekrönten Lebens. Im Kreis- und Amtsblatt unserer Stadt erschien außerdem ein zweispaltiger Nachruf, der auch die acht Jahre seiner verantwortungsvollen Tätigkeit als Innungsmeister seines Berufsverbandes würdigte.

Wir hatten diesen auf ziemlich unheilvolle, tragisch-komische Weise rechtschaffenen Mann in den fast fünfundzwanzig Jahren unseres nachbarschaftlichen Nebeneinanders, trotz aller Merkwürdigkeiten, irgendwie liebgewonnen. „Warum war er nur so, wie er war?“ sagte meine Frau.

Nun war es bedrückend still auf der Terrasse. Nichts regte sich. Meine Frau und ich versagten es uns während einiger Wochen, unsere Terrasse zu benutzen. Es sei, sagte meine Frau voller Verständnis, nicht schicklich, den Verlust, den Frau Häberle erlitten hatte, durch unsere Art, den Garten zu genießen, zu stören. Doch drei Wochen später riss uns jähes Teppichklopfen aus der Mittagsruhe. So, als habe Frau Häberle wieder einmal Versäumtes nachzuholen, schlug die Witwe unerbittlich zu. Einen Monat später war auch sie plötzlich tot.

„Sie werden uns trotzdem fehlen, ja, besonders er,“ sagte meine Frau und wischte sich über die Augen. Auch mich beschlich Traurigkeit. Warum sind Menschen so? Ja, warum? Es gibt so viele Antworten darauf, - aber was sind schon Antworten?

Der Sommer verging. Der Winter kam, lang und kalt. Endlich wurde es Frühling.

Jetzt haben wir neue Nachbarn. Wir kennen sie kaum. Die nicht mehr junge Frau sagte zu meiner Frau, dass es doch sehr geschickt wäre, dass Häberles eine so schöne große und auch stabile Teppichstange auf der Terrasse hinterlassen hätten. So wäre es eine reine Freude, seine Sachen sauber zu halten. Die hochmodernen, fast geräuschlosen Staubsauger fügte sie hinzu - ach nein, ... und außerdem sei es doch so erfrischend und auch so gesund, sich ein bisschen auszutoben, wo man doch heute fast nur noch fährt und alles Übrige durch Knopfdruck erledigt.

Im Fotoladen

Ich hatte ein Fotogeschäft. In der Provinz, im Schwäbischen. Die Leute sind recht und lassen sich kein x für ein u vormachen. Am wenigsten die Bauern, auch wenn sie von Physik nichts wissen wollen. Am Anfang war es nicht leicht. Heute aber, nach einer Reihe von Jahren, fängt man an, mir zu verzeihen, dass meine Väter Wiege nicht hier gestanden hat. Die Fortschrittlichen unter meinen Gönnern und Kunden gehen sogar so weit, dass sie mich inzwischen gelegentlich - freilich mit Vorbehalt und auf jederzeitigen Widerruf - mit wohlwollend-mißtrauisch-prüfender Nachsicht - zu den Ihren zählen.

Allen voran Gottlieb Säuerle, ein Mann von urältestem schwäbischen Schrot und Korn und Bauer dazu, und außerdem mein Kartoffel-, Eier-, Apfel- und Gemüselieferant seit sieben Jahren. Er sei gepriesen! Denn er war es, der damals als Erster den Mut hatte, meinen Laden zu betreten. Kaum der Rede wert, meine Enttäuschung, als ich merkte, dass er nicht als Kunde zu mir gekommen war. Was soll's. Der Grund seines Kommens war nicht minder edel, kam er doch, um Produkte seines bäuerlichen Fleißes anzubieten. Da ich nur geringe Fortschritte im Schwäbischen machte, beschränkte sich unsere Unterhaltung auch in späterer Zeit immer nur auf das Wesentliche. Er nannte die Ware und ich die gewünschte Menge in Pfund oder Stückzahl. Schluss. Dann nur noch der Preis und ein augenzwinkernder Abschied, nicht ohne den Gegenwert in bar entgegengenommen zu haben.

Mit der Zeit war, wen wundert es, eine Brücke respektvoll schweigenden Vertrauens zwischen uns entstanden. Nur mit Rührung denke ich an jenen Samstag, als ich sechzig Pfennig zu wenig in der Kasse hatte, um ihn zu bezahlen. Das Geständnis meiner Armut war mir kaum von den Lippen gekommen, als Säuerle milde abwinkend, die Misslichkeit meiner Lage zartfühlend überging und von den eben gelieferten Eiern fünf wieder an sich nahm und teilnahmsvoll nickend, einen Schönen Sonntag wünschend ging.

Jeden Samstag kam er, Sommer wie Winter, bei jedem Wetter, nach und nach hatte ich ihm eine ganze Schar eifriger Lieferanten zu danken. Der eine brachte die Milch, der andere die Butter, der Dritte die Zwiebeln und wieder ein anderer im Frühjahr die Tomatensetzlinge und im Herbst den Most. Denn, so versicherte Herr Säuerle immer wieder, er habe gar nichts gegen mich, obwohl ich ein Fremder sei, dafür könne ich ja nichts, und er sei auch immer zufrieden mit mir gewesen. Nein, nein, er sähe keinen Grund, mich unter den Leuten im Dorf nicht weiter zu empfehlen. Eines Samstags, wir standen damals im vierten Jahr unserer Geschäftsverbindung, brach er den gewohnten Wortgeiz; er sagte: „Ich möchte einen Foto." Für alle Nichtschwaben und andere Ungebildeten: Mit diesem „ich möchte einen Foto" wollte Herr Säuerle kundtun, dass er beabsichtigte, sich einen Fotoapparat zu kaufen. Den freudig erschreckten Ausdruck meiner Augen dämpfte er durch eine fast strenge Handbewegung, die er mit den Worten „net gleich, aber bald" ergänzte. Und wirklich, kaum drei

Jahre nach jener Ankündigung, öffnete sich wieder an einem Samstag, diesmal am Nachmittag, die Tür, und Gottlieb Säuerle betrat zum ersten Mal als Kunde meinen Laden. Zur Ehre aller Schwaben im Allgemeinen und Gottlieb Säuerles im Besonderen, sei's gesagt: Ob sie als Kunden oder Lieferanten den Laden betreten, sie sind immer sie selbst und wissen nichts von der liebedienerischen Kriecherei jener Untertanenseelen, die kaum, dass sie einen Laden betreten, sich als automatische Türöffner betätigen. Da steh'n sie dann, o Bild des Jammers, halten den Hut in der Hand, lächeln ihr dünnes Lächeln, schau'n fad und ängstlich drein und beschäftigen ihren völlig nutzlosen Kopf mit servilem Nicken. Nein! So war Säuerle nicht. Kaum hatte er die Ladentüre hinter sich geschlossen - es war einer jener ersten Samstage des Monats, und der Laden war voller Kunden-, bahnte er sich unverzüglich, alle Wartenden einschließlich des eben durch mich bedienten Kunden zur Seite schiebend-, einen Weg zu mir. Donner und Jubel lag in seiner Stimme, als er verkündete: „So, jetzt isch's so weit!" Im Bruchteil einer Sekunde war mir klar: Wer in diesem Land nicht blitzschnell reagiert, ist verloren. Mir war sofort klar, Herr Säuerle steht vor mir, seine vor Jahren ausgesprochene Absicht, eine Kamera zu kaufen, nun zu verwirklichen.

In der Vielschichtigkeit seiner Seele besitzt der Schwabe ein fast somnambules Gefühl für Größe. Diese Feinempfindung ist bei fast allen Angehörigen dieses Stammes so selbstverständlich, dass sich ein Schwabe meist unverzüglich und fast ohne Groll aus einem Laden zurückzieht, wenn er merkt, dass es einem anderen Stammesbruder, oder weit schlimmer, einem Fremden vor ihm gelang, die Aufmerksamkeit des Chefs auf sich zu lenken. Kein Wunder also, im Nu war mein Laden leer, und ich hatte mich Herrn Säuerle mit Hingabe zu widmen. „Ja, ja“ sagte er wieder und wieder, „sehen Sie, jetzt isch’s so weit, jetzt isch’s wirklich so weit, jetzt will i den Foto hole.“

Von so viel Treue gerührt, beeile ich mich, die Kamera, die ich soeben schon fast verkauft hatte und die nun verwaist vor mir lag, in den Schrank zurück zu stellen. Auch dieser Kunde hatte mich, teils dem Druck Herrn Säuerles, teils seiner Stammeseinsicht folgend, in überstürzter Hast und mit dem Hinweis, er käme später wieder, verlassen. „Ja, Herr Säuerle“, sage ich, „das ist sehr schön, dass Sie gerade zu mir gekommen sind, Ihre Kamera zu kaufen, wo es doch noch vier andere Fotogeschäfte in dieser Stadt gibt.“ „Da habet Sie recht!“ erwidert Herr Säuerle für das mir geschenkte Vertrauen und ich versuche mit ihm in ein Verkaufsgespräch zu kommen. Ich frage: „Haben Sie irgendwelche Vorkenntnisse?“ und breite einige meist einfache Kameras vor ihm auf einem dunkelroten Schaumgummituch aus. „Vorkenntnis? Noi, noi, die hab i net, die will i net, ich will einen Foto und nix anders und schon gar keine Vorkenntnis oder wie Sie da saget.“ Ich frage direkter: „Haben Sie schon einmal fotografiert?“ „Nein“, sagt er, das habe er noch nie getan, als gelte es, etwas Unschickliches weit von sich zu weisen. Gut. Ich versuche, ihm dies und das an dieser und jener Kamera zu erklären. Umsonst. Er gibt seinen Widerstand gegen physikalische Grundbegriffe nicht auf. Ich beschränke mich schließlich auf die beiden wichtigsten Bedienungspunkte einer Kamera: Den Auslöser und den Filmtransportknopf. Herr Säuerle, versunken in die Qual solch ungewohnter Entscheidung, nimmt Kamera für Kamera, wie abschätzend in die Hand, schüttelt sie ein wenig, schaut ihr tief und lange in ihr bläuliches Glasauge, um sie dann mit einem fast traurigen und leisen „Noi“ wieder fortzulegen. Ich aber schweige, denn ich weiß, Worte, was immer sie ausdrückten, wären jetzt Gift. Hier hilft nur Warten, schweigend warten auf das Werk hinter dem gewaltigen Stirnknochen meines Kunden. Um mich zu beschäftigen, stelle ich mir vor, es klebe auf der Stirn meines Gegenüber ein Zettel mit der Aufschrift: Nicht stören, es denkt.

Dann ganz plötzlich: Säuerles Hand schnellt nach vorn, ergreift die Kamera, die ich eben erst, ganz ohne psychologische Absicht, eigentlich nur, um Tätigkeit vorzutäuschen, auf den Ladentisch gestellt hatte, und sagt: „Die da, die will i.“ Seine Wahl war auf eine Kamera mittlerer Preisklasse im Format sechs mal neun gefallen, Preis DM 122,-. Ich spreche Herrn Säuerle meine Bewunderung für seine glückliche Wahl aus, und er quittiert meine Huldigung mit einem zufriedenen Lächeln und dem Nachsatz, dass man so etwas im Gefühl haben müsse, er habe es. Schön!

Ich gebe zu, selbst wenn ich ernste Bedenken bei der Entscheidung Herrn Säuerles gehabt hätte, die doch ganz aus Intuition - und man verzeihe mir - Verlegenheit - getroffen war, ich hätte nicht widersprochen. Solche Rohheit wäre mir nie verziehen worden. Säuerle wäre gekränkt zur Konkurrenz gegangen und ich hätte einen Kunden und seine stets frischen Eier zu beklagen. Trotz der offenen Abneigung meines neuen Kamerabesitzers gegen fototheoretische Unterweisungen, versuche ich einiges aus dem ABC für Fotoamateure anzubringen. Ganz wie nebenbei natürlich und so, als geschehe es ohne jede Absicht. Herr Säuerle aber, kein Freund intellektueller Schleichpfade unterbricht mich barsch: „O Sie, lasset Sie doch des Geschwätz, ich glaubs doch net, und Sie habe mirs doch schon gsagt, also mir langts!"

Aus mit meinem Fotokurs. Ich beeile mich, einen Film in die Kamera einzulegen und fühle mein Tun von solch geringschätziger Physiognomie meines Gegenüber beobachtet, dass ich unsicher werde. Der Film hüpft mir wie ein Frosch aus meiner Hand, fällt zu Boden und entrollt sich. Ich nehme rasch einen neuen aus dem Regal. Herr Säuerle bückt sich nach dem Heruntergefallenen und ermahnt mich, nicht so mit dem „Sach" umzugehen. Er wickelt ihn, etwas wellig zwar, doch sonst ziemlich exakt, um die Holzspule und reicht ihn mir zurück. „Danke", sage ich, „vielen Dank". Dann mache ich die Rechnung, nenne den Betrag und nehme das Geld in Empfang. Gottlieb Säuerle aber wiegt derweil seine Neuerwerbung wie eine große Kartoffel in der Hand, presst seinen markigen Daumen schützend gegen das Objektiv, legt Abschied nehmend seine Linke grüßend an die Schläfe und schickt sich an, meinen Laden zu verlassen. Ich bedanke mich noch einmal für das große Vertrauen und spüre zum ersten Mal in sieben Jahren meine Rechte von der Seinen umklammert. Der Boden unter meinen Füßen schwankt, - teils unter der Einwirkung des ihn verlassenden Herrn Säuerle, teils wegen der verschobenen Knöchel meiner Hand. Schon halb auf der Straße kommt er noch einmal zurück und fragt: „Sie, kann i mit dem Dinger da au mei Sofie mache?“ Man erlaube mir, hier erneut für die schon einmal genannte Sorte Menschen erklärend einzuflechten: „Machen“ ist ein schwäbisches Vielwort und bedeutet in diesem Zusammenhang fotografieren. Ich konnte, obwohl ich Herrn Säuerles Sofie ja nicht kannte, mit gutem Gewissen sagen, dass er dies selbstverständlich könne, daß er mit dieser Kamera überhaupt alles fotografieren könne. Herr Säuerle, kein Freund solch selbständig erweiterter Antworten, sagt missbilligend: „Sie, i will net alles fotografiere, ich will mei Sofie mache, net mehr.“ Ich versichere Herrn Säuerle noch einmal, dass er mit dieser Kamera ganz bestimmt seine Sofie fotografieren könne. Jetzt war's recht. Im nächsten Augenblick bin ich wieder allein.

Auf dem Weg zu meinem Laden am Montagmorgen sehe ich schon von weitem Herrn Säuerle ungeduldig vor den Schaufenstern meines Geschäftes auf und ab patroullieren. In der Hand schwingt er fachkundig wie nur irgendeiner seine fotografische Neuerwerbung vom Samstag und presst auch jetzt die Kuppe seines Daumens schützend gegen die Linse. „Mach uff. Kerle, mach uff, i wart scho a Viertelstund uff dich!“ruft er mir zu. In der Eile des Aufschließens find ich kaum Zeit, beglückt über solch vertraute Anrede, zu erröten. Ich entnehme der Kamera so rasch es geht den belichteten Film, schreibe die Arbeitstasche aus. Dann ein kurzes „machet Ses auch gut“ von Herrn Säuerle und schon höre ich ihn, hoch zu Ackerschlepper, davondonnern.

Auf die Minute zur vereinbarten Zeit betritt er am Abend den Laden. Auch heute bereitet es ihm kaum nennenswerte Mühe, durch die übrigen Kunden zum Ladentisch nach vorne zu robben. „Isch's eppes worde, isch se druff, mei Sofie?“ ruft er und entreißt mir mit gierigen Händen seine Auftragstasche. In überstürzter Hast entnimmt er dem Umschlag die Bilder. Dann legt er eines neben das andere vor sich hin, wobei er sich gezwungen sieht, zwei Kunden, die nicht merken, dass sie im Wege sind, etwas zur Seite zu schieben. Jetzt starrt er lange, wohl zwei Minuten, unverwandt auf die vor ihm ausgebreiteten Fotos. Man stelle sich vor: Acht Mal: Sofie, Sofie, Sofie, Sofie, Sofie..., jede der Sofien aus der gleichen unendlich scheinenden Entfernung aufgenommen und natürlich auch in der gleichen Pose. Beim Anblick dieses merkwürdigen Bilderteppichs packt mich die Angst. Ich spüre, dass sich ein Unwetter über meinem schuldlosen Haupt zusammenbraut. Ich sehe Herrn Säuerles Hände vibrieren, sein Gesicht sich röten und seine Adern an Hals und Schläfen sich kühn nach außen wölben. Ohne ein Wort zu sagen, reißt Säuerle die Ladentür auf und ruft: „Karl! Karl! Du muscht reikomme!“ Karl kommt. Aber dies ist kein Karl, wie sie alle sind, mal größer, mal kleiner, mal dicker, mal dünner. Nein, mir ist, als wäre dieser Karl „Karl der Große“ persönlich. „Guck no, Karl, was die aus mei-

ner Sofie gmacht habet, guck no." Karl aber fragt mit der Unschuld eines Kindes: „Ha, wo isch se denn, die Sofie?" Und Säuerle zeigt auf einen kleinen weißlichen, leicht ovalen Punkt, der sich ziemlich in der Mitte jedes der acht Bilder befindet. Karl putzt sich, ganz langsam und sehr umständlich zuerst die Nase und dann die Brille, und sagt, dass man sie ja gar nicht sähe, die Sofie, und dass er sie gar nicht erkannt hätte, wenn er, Säuerle, sie ihm nicht gezeigt hätte. „Also! Also!" sagt Säuerle nun erleichtert und bestätigt, gerade das habe er sich durch ihn, seinen Karl, bezeugen lassen wollen, dass man seine Sofie nämlich kaum sähe auf den Bildern. Das genüge ihm, mehr wolle er nicht von ihm. Und nun ergießt er die ganze Fülle seiner überströmenden Zornesschale über mich: „Höret Sie, i han denkt, an gute Foto bei Ihne kaufe zu könne, mit dem ich hätt mei Sofie mache könne, aber, Sie, Sie hänn mir den Dinger do uffghängt! Und jetzt, gucket se no, mei Sofie, wie groß isch se druff uff dene Bildle? Hm? Wie groß?" Ich gebe Herrn Säuerle Recht und gebe zu, dass die auf den acht Fotos abgebildete Dame nur circa einen Zentimeter groß dargestellt ist. Doch wehe mir! Gegen solches Geschwätz verwahrt sich Herr Säuerle und sagt, dass dies erstens keine Dame, sondern wie ich ja sehr genau wüsste, sei Sofie sei," - Karl könne das bestätigen. Damen, so etwas gäbe es in seinem Haus nicht; und zweitens würde ich ja selber alles eingestanden haben, denn, so argumentiert er überzeugend weiter, ich hätte ja gestanden, dass seine Sofie auf den Bildern nur einen Zentimeter groß ist. „Wisset Sie," fährt er dann hingerissen vom Strom seines Zorns bebend fort, „wisset Sie, wie groß mei Sofie isch? Wisset Sie des?“ Nein, das wusste ich nicht. Herr Säuerle aber ließ nicht locker, ich musste Antwort geben. So höflich ich konnte, sagte ich, dass ich bedauere, seine Sofie nicht zu kennen und also auch nicht wissen könne, wie groß sie sei. Doch Säuerle: Gut, dann wolle er mir's zeigen, schwarz auf weiß wolle er mir's beweisen, wie ich ihn beschissen hätte. Er greift mit gewaltigem Schwung in die Jacke und zückt seine Brieftasche. Er entnimmt ihr, als gelte es, einen Gauner seiner Gaunerei zu überführen, die Kennkarte seiner Frau und drückt sie mir fast roh unter die Nase. Dabei fragt er mich immer wieder, ob ich überhaupt lesen könne. Ich antwortete wahrheitsgemäß: Ja. Er fragt, ob ich's denn nun endlich gelesen hätte, wie groß seine Sofie sei. Ich bejahe. Doch er gibt sich immer noch nicht zufrieden, er will es aus meinem Munde hören, will das Geständnis von mir nicht nur erpressen, sondern auch genießen. Ich sage also, dass seine Frau, Frau Sofie Säuerle laut ihrem Ausweis 186 cm groß sei. Also, erwidert er, als sei eine Schlacht gewonnen, jetzt wüsste ich ja, was ich angestellt hätte, denn ich hätte seine Sofie zu einem „Muckeschiss zammabschisse.“ Das wäre ja zum Lachen, wenn's nicht so millionisch zum Heulen wär. Seine Sofie „ein Pünktle“ ruft er bitter. „Nein“, sagt er dann und nochmals Nein“, er habe bei mir einen Foto und kein herumgedrehtes Fernglas kaufen wollen. Ich schweige ratlos und ohne Schuld. Herr Säuerle schließt daraus auf eingestandene Schuld und Reue. Die eingetretene Stille tut ihm gut, ja stimmt ihn versöhnlich, denn Herr Säuerle sagt mit einem Schimmer Versöhnlichkeit und Güte in der Stimme „Gell, jetzt glotzet Se, hm?“ Aber schämen sollte ich mich, ihn, Gottlieb Säuerle, so hereingelegt zu haben, auch noch als Reingeschmeckter, da hätt ich's doch besonders nötig, hochanständig zu sein. So einen Foto, den lasse er sich nicht andrehn. Was sollte ich tun? Ich versuchte zerknirscht und vorsichtig, etwas von Gegenstandsweite, Brennweite und ähnlichem optischem Ballast seiner Felsenstirn anzubieten. Es misslang. Gut, also, dann würde er eben morgen mit seiner Sofie kommen. Unter der Gewalt solcher Drohung gab ich mich erneut geschlagen, ich versuchte auch nicht mehr, durch physikalischen Nachhilfeunterricht meine Lage zu verbessern. „Höret Sie“, sagte Säuerle plötzlich, „i han au scho kloine Lompereie gmacht, gut, mir send elle bloß Mensche, aber jetzt sag i Ihne eppes, und na vertraget mir uns wieder. - Sie haltet jetzt Ihr Gosch, schwätzet nix me von Brennweite oder Weitbrenner und gebet mir einen gute Foto.“ Und väterlich belehrend fährt er fort: „Ich will einen Foto, einen gute Foto und koin Weitbrenner. Und einen Foto will ich! Net ins Weite brenne! Kerle, das han i net nötig, mei Sofie, die isch scho recht. I will mit dem Dinger wirklich bloß mei Sofie mache, wisset Se, für ihr Schwester in Amerika.“

Die Analyse

„Er hat von Kunst doch keine Ahnung", - sagen die einen und lachen, - und andere erwidern „Ja, aber gerade das ist es ja", - Ahnung her, Ahnung hin, wer dreht denn nicht durch bei Vernissagen vom Bla Bla der Kunstgelehrten und Galeristen, um sich unauffällig zum verheißenen Lachs und Champagner durch die Menge zu paddeln? „Und außerdem", erwidern andere, „bei Walter weiß man nicht genau, ob er nichts oder mehr als die anderen über Kunst zu sagen weiß oder gar ein Experte ist, der seine Zuhörer auf die Schippe nimmt, - bei dem Beruf und mit dem Genie ist doch alles möglich."

So oder so, Walter sammelte alles, was er für Kunst hielt mit großer Leidenschaft, Liebe, Respekt und Bewunderung. Wenn er Gäste hatte, peinigte er die einen und erquickte die anderen mit endlosem Wortreichtum und anscheinend nicht vorstellbarer Kenntnislosigkeit, doch mit großer Begeisterung und innerer Bewegung, um Stück für Stück seiner Schätze, ganz gleich ob Bild, Skulptur, Kasak, Perser, Meißen oder Möbel, auf seine Weise, manchmal auch kräftig gewürzt mit erhellenden Einblicken in den jeweiligen Zeitgeist, seinen Zuhörern auch kunsthistorisch nahe zu bringen.

Künstler und ihre Werke sprudelten ihm dann ebenso geläufig über die Lippen wie ihre Stile. Jahrhundert her, Jahrhundert hin, was sind schon Namen und Zeiten im Angesicht solcher Dokumente ewig schöpferischen Wirkens menschlicher Gottähnlichkeit!

Dabei vergaß Walter nie, je nach persönlicher Stimmungslage und seinen Gästen, unter Berücksichtigung der jeweiligen Preziose und der Situation auf dem Kunstmarkt, die er stets mit großer Aufmerksamkeit verfolgte, den Preis zu nennen. Der war meist hoch, sehr hoch. Walters Kunststücke waren unbezahlbar!

Walter hatte zwar nie die oberste Sprosse des sogenannten Ruhms unter den sogenannten ganz Großen erklommen, - aber als Persönlichkeit unverwechselbaren komödiantischen Urgesteins alle übertroffen. Walter war - es ist fast unmöglich, hinter das Geheimnis dieses Schauspielers zu kommen - ein Phänomen, ein Original mit unbegrenzter Unterhaltungsenergie; Walter konnte gesprächsweise alles auf den Kopf stellen, haarsträubend daneben argumentieren und dabei doch immer glaubhaft vollkommen Unglaubhaftes und Falsches oder auf seine ganz besondere Weise anscheinend Missverstandenes, sich selbst Zurechtgezimmertes, behaupten. Doch was immer Walter erzählte, - im Nu lauschten seine dankbaren Zuhörer mit Spannung. Nie unterbrach ihn einer oder versuchte etwas richtig zu stellen. Ein Schleier des Geheimnisvollen, Unerklärbaren schimmerte durch Walters Erzählkunst, deren Reiz selbst durch offenkundigste Widersprüche zur Wirklichkeit und noch so phantastische Um- und Irrwege in die Welt ausschweifender Phantasie nicht geschmälert wurde, - im Gegenteil, Walters Stories machten süchtig, wurden zur verbalen Droge und Fundgrube satirisch verpoppter Realität.

So verwandelte sich in Walters Erzählfluss die griechische Mythologie, um nur ein Beispiel zu nennen, in ein überbordendes Tollhaus, was sicher der Realität - aber was ist schon

Realität in einem Irgendwann und Nirgendwo - näher kommt und interessanter anzuhören ist als irgend eines Gymnasiallehrers staubtrockene, historisch abgesicherte Ausschwitzungen, - unter Berücksichtigung einschlägiger Jugendschutzbestimmungen, die bestenfalls schlaffördernde und zeitdehnende Zumutungen sind.

Und dies noch: Walter gehörte in der Kunst des Sprechens zu jenen letzten Großen, welche der Sprache, insbesondere dem Sprecher, den Rang des fast Göttlichen verliehen. Unter seiner Sprachgewalt verwandelten sich die entscheidenden Sätze der großen Dramatiker in erschütternde Leckerbissen der Bühnenwelt, eine Art Schauspielerarien, um mit einem Vergleich aus der Opernwelt den Nagel auf den Kopf zu treffen. Vielen modernen Regisseuren zum Trotz, welche nach unvorgeprägten Darstellern, möglichst von der Straße weg auf die Bühne gezerrt, die Hände rangen und schließlich bei Jüngelchen landeten, welche den Mund, dieses einzigartige Mitteilungsorgan, zur Nuschelritze verkommen ließen, war Walter ein Markstein technischer, mimischer und ästhetischer Perfektion in der Kunst des Sprechens.

Silbe um Silbe wurde bei ihm zur Perle, und auch der leiseste, nur gehauchte Satz eines verlöschenden Heldenlebens erreichte den Zuschauer oder Zuhörer auch noch in der letzten Reihe und jagte den Ergriffenen eisige Schauer, Mix aus Entsetzen, Abscheu und Bewunderung über die Rücken. Ohne zu übertreiben: Wie die Stradivari am Kinn der Anne-Sophie Mutter ist die betörende Eindringlichkeit von Walters Organ.

Weder ein Teufel, geschweige denn eine Jungfrau könnten sich Walters dämonischen Einflüsterungen oder heilsverkündenden Botschaften verschließen. Die schwärzeste Niedertracht entströmte Walters Lippen, wenn der Regisseur es nur wünschte, als paradiesisches Versprechen.

Aufmerksame Leser werden es längst ahnen, - Walter ist mein Freund. Unsere Freundschaft ist dreißig Jahre alt. Aber wir sehen uns fast nie. Wir machen alles telefonisch, - und doch sind wir immer füreinander da. Gibt es irgendwo neuen Bühnenklatsch, und wann gibt es den nicht, - eine interessante Story mit fantasievollen lebendfrischen Kombinationen aus der Bühnen-, TV- oder ähnlicher Klatsch- und Tratsch-Welt, à la griechische Götterwelt, wer mit wem und wessen Gattin, Stier, Schwan, Ziege, Löwe oder Zeus -, klingelt bei mir das Telefon, und Walters Lachen entreißt mich auf dröhnend tröstliche Weise dem nur zu oft fragwürdigen Alltag. Trotzdem sehe ich Walter viel öfter als er mich sieht. Das Fernsehen! Immer wieder entladen sich ganze Serien per Satellit, Kabel oder Antenne weltverbessernd oder fast vernichtend auf den Bildschirm. Ich kenne keinen, der erfolgreicher gegen das Böse in der TV-Welt kämpft. Von der gegen riesige Summen verschobenen Spenderniere bis zur Exhumierung einer vor achtundzwanzig Jahren verstorbenen millionenschweren Oma eines schamlos erbgierigen Enkels bis zu dem alle TV-Welt aufwühlenden Genforschungsverbrechen, wo es Walter im letzten Augenblick gelang, einen weltbekannten Genforscher zu entlarven, der aus verletzter Eitelkeit, weil er sich bei Verleihung des Nobelpreises übergangen fühlte, sich an der ganzen Menschheit furchtbar rächen wollte. Die Welt hielt den Atem an. Denn der Elende hatte dank seiner genialen Intelligenz den Schlüssel zum Code entdeckt, wie man durch Klonen und vielerlei kriminelle Genmanipulationen aus jeder Mücke einen Elefanten machen kann. Da schlug Walter zu! Schnappte mit halsbrecherischem Wagemut den Code und brachte ihn zur wissenschaftlichen Konkurrenz. Inzwischen hatte Interpol in Zusammenarbeit mit FBI den rachsüchtigen Professor in Hamburg zur Strecke gebracht und seine wissenschaftlichen Kollegen drehten nun den Rachespieß um und straften das ehrsüchtige Genie, indem sie es mit der eigenen Waffe züchtigten. Mittels des von ihm selbst entdeckten Codes in Sachen Gene und Klonen verwandelten sie nun den Professor selbst in eine Stubenfliege, bekannt unter dem lateinischen Namen Musca domestica. Als meist harmlose, aber immer lästige Mücke summt der ehemalige Gelehrte nun in der Zentralredaktion eines Hamburger Massenblattes vor sich hin.

So schaurig makaber, aber auch niedlich, endete der biologische Rachefeldzug des nobelsüchtigen Professors. Um ein Haar wäre auf die ohnehin geplagte und verschüchterte Fernseh-Menschheit zu den Ozon-, Atom- und vielen anderen lang bewährten und geschürten Umweltängsten auch noch die Angst gekommen, von riesigen Elefantenherden totgetrampelt zu werden.

Die Verbrecher gehen Walter fast wie unter Hypnose fröhlich ins Netz. Walter entlarvt, ertappt, enthüllt, überführt,

klärt auf, auch wo sich seit Jahren Rätsel über Rätsel türmten, Verwirrungen und Ungereimtheiten an einem dichtgehäkelten Lügennetz die Fachwelt scheitern ließen, zündet Walter sich in aller Ruhe eine Zigarre an, denkt eine Weile, fernsehgerecht, - also sichtbar angestrengt - nach und nickt, den Mund zu einem verständnisvollen weisen Lächeln verziehend, das Überlegenheit verrät, - nickt wieder in die ihn verehrende erwartungsvolle Krimi-Fachwelt-Fernsehrunde und nickt ein drittes Mal, - und hat's! Zugegeben, es ist nicht immer ganz so einfach, aber fast. Irrtum ist jedenfalls ausgeschlossen. Punkt, basta! Das wäre also das Fernsehen. Und erst das Theater mit Bühne und Publikum!

Einmal, vor Jahren, ich hatte wochenlang von Walter nichts gehört und war in Sorge, - da klingelte das Telefon, - er war's, - ich sage Walter, ich dachte schon, du bist gestorben, da lachte er nur und holt zu einem prächtigen Redeorkan aus, - Paulchen, was heißt gestorben, tu ich jeden Abend, achtzig Mal bei der Tournee jetzt von Hamburg bis Wien über Zürich, München, Konstanz bis Klagenfurt. Also Paulchen, im Sterben bin ich Spitze und der schönste Tod, - so wie jetzt, das Sterben als Götz von Berlichingen. Weißt du, bei den letzten Atemzügen mit „Freiheit! Freiheit", - wo ihm, das heißt mir, dem Götz, also dem Götz, den ich spiele, mitten in der Freiheit die Puste in Eimer geht, - du, zwei Stunden fünfzig das Geschrei von Mord und Raub, Treue, Heldentum und anderen großen Worten, bösen Taten, - und die Szene, wegen der die Leute ins Theater gehn, du weißt schon, - soll mich, und so, -

wo sich die Zuschauer bei Freilichtaufführungen in der Pause Würstchen holen, - ich höre das Einwickelpapier knistern und fluche, fast schon sterbend, und hab' doch volle Rührung auf der Rachenpfanne und die Leute spüren, dass es zu Ende geht, - mit mir und dem Stück, dem Götz und dem Goethe, also, dass wir drei am Ende sind, ich bin ja auch nur ein Mensch und dann meine Weltbetrachtung ins Publikum hauche „es kommen die Zeiten des Betrugs, es ist ihm Freiheit gegeben - usw. - und der Edle wird in ihre Netze fallen, - Himmlische Freiheit! Freih ..." das ist der Trick, Paulchen, wenn ich mit letzter Kraft noch einmal Puste zünde, im Sessel aufgerichtet mit heiserem Hals und allerletztem Greisenhauch „Freiheit! Freiheit" röchle, mitten in der zweiten Freiheit mach' ich tot, fall' in den Sessel und die Leute sind gerührt, die Tempos wischen über Augen und Wangen, - und weißt Du, was ich dann denke: Und jetzt ein Pils! Also Paulchen, wie kam ich bloß auf den Götz, - ach ja, übers Sterben, - klar, müssen wir alle, - aber im Sterben bin ich Spitze!"

Ob Brechts *Puntila*, Strindbergs *Totentanz*, O'Neills *Eines langen Tages Reise durch die Nacht*, Frischs *Brandstifter*, Dürrenmatts *Meteor*, es ist, als hätten diese Großschriftsteller nur für meinen Freund ihre Stücke geschrieben. Walter hat die Bühnenbretterwelt von Kleists Adam bis Shakespeares Zettel voll im Griff!

Und außerdem, vielleicht überhaupt das Wichtigste. Walter ist auch ein philosophischer Kopf, auf jeden Fall ist er Begründer der weder bekannten, geschweige denn anerkannten „Schaumkronenwellentheorie". Das hört sich geheimnisvoll an, - und ist es ja auch, - und wie bei allen philosophischen Systemen vermutet man etwas Gescheites dahinter, - auf jeden Fall für normale Sterbliche Unverständliches, im Falle meines Freundes aber ist es sowohl gescheit als auch verständlich. Irgendwann hatte ich gewagt, Walter, entgegen meiner Gewohnheit, bei einer seiner zwar lebensprühenden, doch etwas zu gigantisch geratenen Telefon-Stories mit dem Hinweis zu unterbrechen, dass er das eben Gesagte sicher nicht ernst meine. Und ganz nach Philosophenart schleuderte mir Walter den Kernsatz seines Denk- und Erkennntniswolkenkratzers in den Hörer. „Paulchen", belehrte er mich, „ob es stimmt oder nicht stimmt, das ist doch egal, denn alles stimmt und nichts stimmt. Wer weiß denn in Wirklichkeit, was so oder so ist. Wirklichkeit! Ein Wort wie jedes andere, nicht mehr... Und Wissenschaft? Die klugen Wissenschaftler sind inzwischen auch klüger geworden, von Selbstzweifeln zerfressen haben sie sich als Rückversicherung gegen wissenschaftliche Unwissenheit aus der Atomphysik den Terminus der Halbwertszeit ausgeliehen. In der Medizin sind es, wenn du Glück hast, fünf Jahre, und in der Physik bist du schon ein Trottel, wenn du das, was du vor einem Jahr gesagt oder geschrieben hast, heute noch glaubst.

Von des Moses schöner Bibel-Schöpfungsstory über die „Urknalltheorie" bis zum „Schwarzen Loch", oder, letzter Schrei unter den Supergescheiten, Zauberwort auf jedem

Philosophenkongress, die „Chaostheorie", - aber um Hawkings Willen nicht irgendeine, nein Jüngelchen, es muss mindestens ein deterministisches Chaos mit Synergieeffekt sein, und als Krönung stülp einen Mythos drüber, ja irgend einen, dann hast Du die Katz' im Sack. Ja, du hast die Wahl, klammere dich, an was du willst, ich sage trotzdem drei Mal nein. Nichts stimmt und alles stimmt, denn was du wirklich weißt, ist nur ein lächerliches Tröpfchen, was du nicht weißt, das ist der Ozean...

Ja, schau auf den Ozean, hör auf das Lied der Wellen, sie flüstern, sie brausen und donnern, sie fressen das Land und gebären Inseln, sie kommen und gehen seit Jahrmilliarden, und jede Welle ist neu und anders und noch nie dagewesen und schaumgekrönt fällt sie zu Nichts zusammen und die nächste, und die nächste und wieder die nächste folgt und fällt zusammen - und alles und jedes ist eben nur eine winzige Weile so und dann anders und noch nie dagewesen bis in alle Ewigkeit Amen!"

Nicht schlecht, dachte ich in meiner Sprachlosigkeit schmunzelnd, und eigentlich auch ganz im Sinne von Heraklits düsterdunkel-rätselhaftem Gedankenallerlei vor zweitausendfünfhundert Jahren, - „panta rhai," - alles fließt, nur eben mit anderen Worten gesagt. Man steigt wirklich nicht zweimal in den gleichen Fluss, - und was Heraklits Fluss recht ist, sollte doch Walters schaumgekrönten Wellen billig sein! Da hatte ich's und begriff endlich, wie einfach alles ist, - und sah Einsteins denk- und weltumkrempelnde Relativitätstheorien als kleine Fische in Walters schaumgekröntem Wellenaquarium davonschwimmen.

Auch wenn schon nach dem bisher Gesagten kaum ein Leser meinen Freund ins übliche Gewichts- und Größenmittelmaß einzuordnen wagen dürfte, Walter wiegt, - das schwankt je nach absolvierter Theatertournee, Einzelgastspielen oder einer seiner hochgeschätzten, gesundheitfördernden Kuren unterschiedlichster diätetischer, balneologischer oder fernöstlicher chinesischer Glaubensrichtung, zwischen 95 und 108 Kilo. Walter tut alles, was er in dieser Richtung unternimmt, mit Überzeugung. Er setzt sich rückhaltlos ein für das, was er gerade für richtig hält. Von Lindewieses Kneipp- und Marterkuren bis zur Schrothkur. Von neu entdeckten Wundermitteln wie Apfelessig, um fünf mal zwanzig Jahre zu leben oder einer neuen Kartoffeldiät mit allen ihr nachgesagten körperentgiftenden Vorzügen oder einem lebensverlängernden Müsli bis zu Trefoneiern, - also Eier, die schon angebrütet sind, ein embryonaler Mix aus nicht mehr Ei und noch nicht Küken, der freilich teuer ist, trotzdem aber preiswert, wenn man bedenkt, dass man nach seinem regelmäßigen Genuss fast unsterblich wird.

Mich durchzuckt's, - was ist? Da sitze ich, laudiere meinen besten Freund in alle Himmel, rühme fast weltentrückt das originellste aller Orginale - und erschrecke, ich recherchiere hin und her, wie man das eben tut, wenn man sich plötzlich einem Umstand gegenüber sieht, den man sich nicht erklären kann. Es war genau vor einem Jahr, ich saß am gleichen Platz und draußen wie jetzt, die Bäume knospten, die Magnolien blühten, - da klingelte von ihm zu mir das Telefon.

Bei Gott, das gab es in Jahrzehnten nicht, dass wir so lange zueinander schwiegen, Quatsch, das mit dem Ärger bei der Kur in Montecatini war doch, zumal wenn man es überstanden hat, zum Lachen, ein makabrer Witz, man sollte eine Story daraus machen, ja eine Apokalypse zum Totlachen, genau, - und erst die Sache mit der Kunstauktion, der echt gotischen Antiquität, - Schwamm drüber, - eine kostspielige und auch äußerst peinliche Kurreaktion, - was solls, Quellenschwachsinn pur. Nein, nein, nein, ich bin mit meinem besten Freund, mit Walter, bestens... Und doch, ganz fassen kann ich's nicht, - neun Monate kein Wort, kein Klingelzeichen, - außer dem Kartengruß, den ich ihm am letzten Tag der Kur, von einer Fahrt nach Irgendwo in die Toskana, ja, es war Vinci, geschrieben habe. - Hoppla, - hoi, - die Karte, - vielleicht hätte ich auf jener Karte, - verdammt, - den letzten Satz, so seitlich quergeschrieben mitten hinein ins Blau des Himmels der Toskana, nicht schreiben sollen. Vielleicht war jener Satz zu vage oder zu direkt und traf genau die Mitte zwischen getarnter, quasi unterdrückter Bosheit und Vorwurf, mein Hinweis nämlich, dass morgen nun endlich der letzte, allerletzte Tag der Kur, die ich letztendlich ihm verdanke, die er mir eingebrockt, geschafft sei... Ja, so könnt' es sein! Denn drei Mal „endlich", das war, jetzt fühle ich's, viel zu stark, einfach unverhohlen kränkelnd, fast frech. Denn Walter ist trotz seiner wahrhaft imponierenden Erscheinung mimosenhaft empfindlich, sein Herz ein Seelenseismograph, - ja, ich erinnere mich, wie er, sicher theaterüblich übertrieben, versicherte, dass er sogar dem, der ihm applaudiert, es ansieht oder hört, ob er echt und vor Begeisterung Beifall klatscht oder nur hammelherdinstinktlich mit einer flachen Hand die andere prügelt. - Oder ist´s doch nur Zufall, dass wir so lange zueinander schwiegen? Nein, ich sage nein! Das kann rundum gedacht einfach nicht sein. Mein Gott, es bohrt, es quält, - blieb wirklich weder bei ihm noch mir nichts hängen von jenem Kartengruß? Nein? Oder doch? Und das Unbewusste? Ich erschrecke. Von unerhörten Bildungsgütern vollgestopft, von *Bild* und *Zeit*, von *Faz* und *Stern* und *Spiegel* infusiert, greif ich letztendlich zum Rettungsanker Lexikon... Ja, hier...*Una Sancta*,... *Unbefleckte Empfängnis*, - Da! *Unbewusstes*: Jetzt, - „Seelische Vorgänge, die nicht unmittelbar der Selbstbeobachtung zugänglich sind, aber an ihren Wirkungen erkannt werden, - genau, - und unter Umständen das bewusste Erleben beeinflussen oder steuern." ... Also doch! Mir schwimmt es vor den Augen. Was soll ich tun? Und wer, wer um Gottes Willen sagt mir, wo ich hingehöre? Ob zum Psychologen, Psychotherapeuten, zum Psychiater, zum Psychoanalytiker oder vorerst einmal nur zum Neurologen - oder am besten gleich ins Irrenhaus? Mir ist, als türmte sich vor mir ein Berg schlechten Gewissens auf. Mir graut! - Vielleicht droht mir ein Schuldkomplex, - den besten Freund verlieren, durch ausgewiesene eigene Schuld - nicht zu denken. Nein, nein, nein, ich irre nicht, denn auch im Fernsehen, Zufall oder weiteres drückendes Indiz für Schuld, Beweis für nachlassende Bindung anden Freund - sah ich Walter vor Monaten zum letzten Mal. Da! Ein Erkenntnisblitz! Selbsterforschung! Das ist's! Ich hab's! Ich flüchte auf den Divan der Erinnerung! Die Koryphäen aus der Welt der Couch nennen es treffend Analyse. Gehört es doch zum Einmaleins verbriefter Bildung, dass man in den Werken der großen Seelenbohrer - von Freud bis Fromm, von Richter über Riemann im TV-Bildungsmeer, von Thomas Gottschalk assistiert, geplanscht und in ihren Werken nicht nur geblättert, sondern da und dort den einen oder anderen Satz gelesen hat. Wär's denn ganz aus der Welt, wenn sich auch für den Hausgebrauch ein Ergebnis destillieren ließe?

Noch einmal also einen Blick in eins der klugen Bücher jener stummen Lauscher, denn so nah wie es nur geht will ich mich am Beispiel jener Großen laben, tief innerlich erforschen und dem Schweinehund in mir mächtig Paroli bieten. Wollen doch sehen, ob das mühsame Geschäft der Erinnerung nicht doch so manchen Hinweis preisgeben wird, oder die Ferne der Zeit, da und dort einen Schimmer der Erkenntnis oder gar Schuld, vielleicht sogar Vergebung für den bußfertigen Erinnerer bereit hält. Heraus also mit der Sprache und Wort für Wort niedergeschrieben, so als säße am Kopfende meines gedachten Divans einer der Großen aus der Zunft der Seelenastrologen:

An einem tiefblauen Morgen, es war wohl zu Beginn der Frühlingszeit, klingelte bei mir das Telefon. Ich hebe ab, sage hier da, wer dort, und Walter lacht mir, ganz Homer, - sein alter Freund-, wie geht es dir, entgegen. Ich merke gleich, Walter ist heute groß in Form und Fahrt, wie vor der Kamera oder vor tausend Zuschauern im Theater oder als Kunstexperte, eine Neuerwerbung seinen Gästen überströmend von Besitzerstolz gefühlvoll zu erklären, - nicht zu bremsen. Ich mache mir's bequem, denn, so sage ich mir, das wird dauern. Schließlich gelingt es mir, und ich bringe in einer irrtümlich angenommenen Gesprächsmulde meine Frage nach seiner Gesundheit unter, - doch meine Frage wird von Walters Wortstrom unbarmherzig, aber warmherzig fortgeschwemmt, - ja also Gesundheit, eben Gesundheit, ja du hast Gesundheit gesagt, Paulchen du bist ein Hellseher, genau deswegen rufe ich an, - aber nicht wegen meiner, nein Paulchen, wegen deiner Gesundheit. Paulchen, du weißt gar nicht, ob du nicht längst tot oder todkrank bist, - was sage ich, natürlich bist du pudelmunter und fit, topfit, - aber, - und das muß ich dir sagen, Paulchen, ich rufe aus Montecatini an, kennst du Montecatini? Nein, du kennst es nicht, - ich werfe ein blitzschnelles Wieso und Warum soll ich Montecatini nicht kennen dazwischen, - aber Walter kontert, - nein, du kannst es nicht kennen, denn wenn du Montecatini kennen würdest, dann wärst du da, - ha, ha... Also Paulchen, du musst kommen, sofort kommen, wann kommst du, wann wirst du da sein, dies Montecatini wird dir das Leben retten. du, ich hab' hier einen Arzt, ich war noch nicht drin im Sprechzimmer, er sah mich zufällig, als ich aus dem Patientenklo heraus kam, - man muss hier öfter als normal, - die Quellen, mein Lieber die Quellen, die entgiften dich, bis du gar nicht mehr da bist, - und als ich nach kurzer Wartezeit dran war, kam er mir ernst, aber voller Hoffnung entgegen und sagte mir, kaum dass ich vor ihm saß, haargenau, woran ich leide. du Paulchen, er sah auf einen Blick, dass ich Übergewicht habe, er spürte nur durch kurzes Anfassen, dass meine Hände feucht sind, er sah, dass meine Haut fahl ist, er nickte teilnahmsvoll, als ich ihm sagte, dass ich gelegentlich schlecht schlafe, - eine Seele von Arzt und Mensch, übrigens Professor, toller Professor, man kann sagen für alles, - und doch Spezialist, auch für alles. Paulchen, der Guzzi, Professore Dottore Eduardo Guzzi heißt er, klein, aber drahtig. Und weißt du, was der mir für Medikamente, Pillchen, Zäpfchen und so verschrieben hat, - keine, - pur nischt. Und das Tollste war, er hatte alle meine Montecatini-Verordnungen schon bereit liegen, - auch ein Hellseher! Stell dir vor, genaue Angaben von welcher Quelle, wann und wieviel ich trinken soll und das Ungeheuerlichste, jede dieser Quellen ist für alles gut: Magen, Darm, Gelenke, Augen, Haut und Knochen und Leber, ja vor allem Leber und Nieren, - Paulchen, du ahnst nichts - von dem Elend mit den Mineralien, ja, daran gehen wir alle kaputt, wir haben zu wenig davon, und wenn genug, dann nicht die richtigen, sagt der Professor. Ich habe einen ganzen Tag lang studiert, - was ich studiert habe? Jüngelchen, die verordneten Quellen und die Analysen der vierzehn Quellen. Und wirklich, jede ist für alles gut. Paulchen, du musst schnellstens kommen. Moses, du weißt doch, der Bibelmoses hat auch hier gebadet, auch hier getrunken, und Cäsar, der ist erst richtig Cäsar geworden, als er mit der Kleo mal nach hier ausgeflippt war, Quelle vier und sieben getrunken, zwei mal in vierzehn mit

Kleo gebadet und schon hatte er den Rubikon überschritten und jetzt erst richtig der Nachwelt Geschichte verpasst, dass die Schüler heut' noch fluchen. Ich sage dir, - der Junge war richtig, - nichts wie rein und rüber. Kein Kaiser, der hier nicht gesundelt hat. Das ganze Altertum, nicht zu denken ohne Montecatini. du Paulchen, fass' mal an deine Leber, ist sie geschwollen oder nicht? Paulchen, sie ist, sie ist, glaube mir's, ja ich habe Angst um dich. du musst nach hier. Wir sind alle leberkrank, sagt der Professor, - jeder Zweite stirbt den Lebertod! Langsam aber sicher. du Paulchen, ich muss dir was beichten, ich will ehrlich sein, ich muss dir was gestehen, ich hab dich schon beim Professor angemeldet, ja, ich hab' ihm viel von dir erzählt und auch ihm war klar, du musst nach hier, und der Professor freut sich über jeden, dem er helfen kann, und dir wird er bestimmt helfen, du musst nur kommen. - Ja, sage ich, Walter, ich war doch erst in Erholung. du in Erholung? kontert Walter. du wirst dir den sicheren Tod in Kampen geholt haben. Der Wind trocknet die Haut aus und macht Bündner Fleisch aus dir, hier nennt man's carne secca, das Salz macht dir die Nieren kaputt, und das Leben am Strand, pfui, sag ich, da kann man sich doch nicht erholen, die Leute fahren nach Kampen mit Gedanken, dass man im Schlaf erröten könnte. Hier aber bist du in wirklich feiner Gesellschaft, du wirst mir danken, auf den Knien wirst du mir danken, aber ich will keinen Dank, - ich will, dass du nach hier kommst und gesund wirst fürs ganze Leben. 23 Tage Montecatini und du kannst Wein trinken, soviel du willst. Walterchen, sage ich, ich will aber keinen Wein trinken. - Ich gebe zu, ich hatte Walter unterschätzt, Walter ist nicht zu schlagen, er scheint tatsächlich schon beachtlich erholt zu sein und kontert, - eben, weil du spürst, dass du krank bist, trinkst du keinen Wein. du, und überhaupt die Toskana, Montecatini liegt mitten drin, - Kunst, Kunst und nochmals Kunst. Pisa, kennst du Pisa, - du lachst dich krumm, wie die damals gebaut haben, schief sag' ich dir, das war die Masche, der ganze Turm bohrt sich wie ein Gewinde in den Himmel und du denkst, das schiefe Unglück fällt dir auf die Schale, nix da, ja, Angst hab' ich gekriegt und hab' gedacht, ich bin ein Drehwurm, 140 Puls und keine Puste, dann war ich oben, ganz ganz oben, zum wahnsinnig werden, - Paulchen, wer da normal bleibt, ist verrückt! Und das Allertollste, der Galileo Galilei, von diesem Turm, genau da, wo ich stand, hat er mit seinen klugen Spielchen die Fallgeschwindigkeit studiert, ja, ja, der Galileo Galilei, den die Katholen fast gebraten hätten wie den armen Giordano Bruno. Und dieser Blick nach unten, - Paulchen, du musst, du musst nach hier, und überhaupt Tourismus und nochmal Tourismus, die haben schon vor tausend Jahren vorgesorgt, ja, ja, ich weiß, es ist zum Kotzen. Aber Ideen haben die gehabt - was heißt gehabt, kommt alles von den Quellen. Und überhaupt die ganzen cleveren Renaissance-Knaben, - Maler und auch der Dingsda, der Leonardici oder Vicci, - großer Clou im Louvre, sein Lieschen, das dort hängt und lächelt. Paulchen, hier wirst du nicht nur gesund, hier wirst du auch noch gescheit, was sag' ich, gescheit? Hier wirst du noch gescheiter. Glaubst du, die ganzen

Jahrtausendburschen sind aus purem Zufall aus der Gegend? Fünfzig Galerien sind hier, jeden Tag ein halbes Dutzend Vernissagen. Ich hab schon vier Bilder gekauft, alles Gelegenheiten. Und gestern, dass muss ganz unter uns bleiben, hab ich eine Art römischen Playboy, Penthouse oder so, mit hohem Bildungsanspruch gerade noch erwischt, Glück gehabt, nennt sich „römischer Teller". Was soll ich dir sagen, seltenes Einzelstück, Auflage tausend, echte Kopie, handsigniert und nummeriert mit Garantiestempel. Der Stapel war im Nu weg. Die Leute sind wie verrückt über die Dinger hergefallen. Herrlicher Alabaster, frischer Guss, zum Küssen, noch nicht einmal ganz trocken, - aber antik, uralt. Paulchen, was du da siehst, ich weiß, du hast starke Nerven, aber wenn du das siehst, wirst du rot mit verbundenen Augen. Dolle Sache, das mit der Antike. Die Sauerei kann noch so schweinisch sein, - wenn sie nur antik ist, - antik ist für mich so viel wie heilig. Der Teller also, man staunt und staunt, wie die das gemacht haben, diese Verrenkungen, ehrlich gesagt, ich kann mich nicht satt sehen. Ich liebe die Antike. Atempause... Dann fährt Walter fort, Paulchen, ich bin auch Student geworden, ja Student, lach nicht, ich hab' mich einschreiben lassen. Drei Kurse, nur für Kurgäste der gehobenen Klasse. Jede Woche drei Mal je 20 Minuten. Kurs 1 *Die Quellen von Montecatini und die Kultur der Renaissance,* Kurs 2 *Die Toskana im Hinblick auf die Etrusker und die Kultur der Griechen unter Berücksichtigung der Entwicklung der Heilquellen von Montecatini in der Zeit des Übergangs der abendländischen Kultur von Athen nach Rom* und Kurs 3 *Kur und Kunst in Montecatini in unserer Zeit.* Montag, Dienstag und Mittwoch bin ich um zehn auf Kurs. Unsere Uni ist das Kurhaus. Begrüßung durch den Kurdirektor, per Video, klar, dann alles in sechs Sprachen auch per Video, man braucht nur den richtigen Knopf am Kopfhörer zu drücken und die Dame spricht das schönste Bairischdeutsch. du, gestern, fuhr Walter fort, war Dienstag, Kurs zwei an der Reihe. Das war wieder ein Ding! Kein Tatort kann wilder sein! Ein Ei des Kolumbus jagte das andere, will sagen, hat das Mädchen gelegt. Soll ich weiter reden, Paulchen, stell Dir vor, die Story mit dem Romulus und Remus, auch so ein Trick, ein echter etruskischer Werbespot. Von wegen Wolfstittenmilch, die reinste Brunnenvergiftung, Quatsch, Quellenvergiftung. Denkste, von der Wölfin gesäugt, - die zwei etruskischen Bengels! Erst im 16. Jahrhundert hat man symbolisch die Zwei unter die Wölfin gesetzt, so als tränken sie Wolfsmilch. Nix da, Jüngelchen, es waren die Quellen von hier, ja, Montecatini Urquell! Da wurden die Knaben helle und haben die Römer erfunden, haben den Homer nach Montecatini eingeladen, Homer, du weißt doch, der Ithaker, der die Blindenschrift erfunden hat, und, halt Dich fest, nach Athen zurück gerudert ist, auf die Akropolis gekraxelt, das Abendland gegründet und die Antike ausgerufen hat. Und stell dir vor, die Tempel, ohne Dach, nur mit Säulen, alle gleich auf alt gemacht, so richtig zum Einstürzen und doch nicht, Zwitter aus Heidelberger Schloss und Brandenburger Tor. Kennst du die Story von dem Minotauros oder so, muss schon sagen, der Homer, das war ein Hammer, der hat gesungen, dass die Sirenen los gegangen sind, und der alte Seemann, der Odysseus, ohne Kompass zehn Jahre durch die Gegend geschippert, Gegend ist bei Homer immer pures Meer, und dann das Ding, die Riesensauerei mit dem Kyklopen-Polyphem, purer Kannibalismus, aber Odysseus, der gab ihm Zunder, und dann die Sache mit dem Holzgaul, reingeschmuggelt nach Troja, - und aus war der Krieg. Köpfchen, Köpfchen hat der Homer gehabt, - alles Montecatini, sag ich dir, - und erst die Orakelei in Delphi, so ein Ding könnten die in Bonn gebrauchen, aber wie immer, die Reue kam zu spät, dann hat er doch, der Homer, Schuldgefühle gekriegt, ging zum Doktor Hippokrates, weil er dauernd äskulapierte und via Orakel, dem Bengel, dem Ödipus, eingeredet hatte, er wolle Muttchen heiraten. Zustände sag ich dir, du kannst dir's aussuchen, - von Vatermord über Höllenhund bis Himmelfahrt, alles ist drin. Paulchen, wem erzähl' ich das, aber wie man so sagt, wem das Herz voll ist, - also sag' mir, kommst du, oder kommst du nicht! Paulchen, du kommst, wann kommst du?

Bei Zeus, - ich gebe zu, ich wurde wankend, dann schwach, - wo aber gäbe es den Stärkeren, der sich dem Herzenswunsch im Rhythmus märchenhaft illuminierten Drängens des Freundes hätte versagen können, - zumal der Freund, dann später, am ersten Tag der Kur im Herbst, von irgendwo, wo er gastierte oder kurte, mich willkommen hieß am fremden Ort? War's doch sein Werk, mich dort zu wissen, und jetzt zu denken, nie mehr ein Wort von Walter, nie mehr fast schon mit

Ohren sehen und Augen hören und genießen, wie er auf seine Weise, die ganze Welt, die Kunst und alle hohen Töne großer Köpfe, Götter, Kaiser, Helden, Scharlatane, Menschenfresser, Mythenmacher und Poeten mit seinem Kreuz- und Quer-Kabarettiertem zu neuem Leben wach zu witzeln weiß...

Ja, ich gebe zu, ich war noch ganz in Walterchens Olymp, doch - wer, Hand aufs Herz, das rast, könnte sich einem solchen Manifest entziehn? Ich nicht! Ich sagte ja zu Walters beschwörendem Appell, - ja, ich komme, nicht jetzt, später, erst im Herbst. Während Walters kretischminoisch-homerisch-griechisch-etruskisch-römisch-renaissancisch-göttlicher Münchhausiade blätterte ich im Terminkalender, - da war tatsächlich, wie vom kaiserlichen Medicus Galen verordnet, eine freigehaltene Lücke Zeit; also ja, ich würde kommen, vom 1. bis 23. Oktober. Vielleicht helfen sie auch mir, die wunderwirkenden, genieerweckenden Wässerchen von Montecatini. Walter strahlte hörbar, und immer wieder dröhnte es wie ein Triumph an mein Ohr: „Paulchen, du bist fabelhaft, du bist fabelhaft!“

Achtundvierzig Stunden später hatte ich die Bestätigung vom Hotel, allererste Kategorie und eine hinreißende Grußadresse der Kurdirektion mit einer kleinen Broschüre, in gewohntem italienischen Prospektdeutsch über die Quellen von Montecatini und sogar auch die Bestätigung über meine Antrittsvisite bei Professor Dr. Guzzi in Händen. Die Monate gingen, endlich, endlich, der Herbst war nicht mehr fern, und ich fühlte mich, so wie man sich vor Antritt einer Kur zu fühlen hat: elend. Warum, wenn das nicht wäre, hätte man Grund, zur Kur zu fahren?

Ich war Montecatinireif. Ich fuhr los. Ich kam an. Nachdem ich alle mir immer widerlich erscheinenden Formalitäten an der Rezeption erledigt hatte und auch schon im Besitz einer Kurkarte war, - Professor Guzzi hatte sie mir bereit legen lassen, kein Tag sollte verloren sein ohne seine kurbegleitende Obhut, denn schon übermorgen um acht Uhr früh hatte ich den mir zuvorkommenderweise eingeräumten Termin beim Professor, übrigens kinderleicht zu finden, genau gegenüber dem Hotel -, fühlte ich mich vom Ambiente der Empfangshalle des Hotels fürs Erste tief beeindruckt, fast eingeschüchtert. Kristalllüsterstrahlende Leuchten, gobelinbehangene Wände und niveauheuchelnde Accessoires dieses Gesundbrunnens strotzen vom Versuch, den bis zur Sprachlosigkeit geknebelten Gast, kaum der eigenen Normalität entronnen, hier einem Schrumpfungsprozess auszusetzen.

Herren und Damen, deren Rang an den Livreen mit unterschiedlichen Schulterstücken in Gold, Silber, rotem, blauem und schwarzem Samt und anderen dominierenden Hinweisen auf die Einzigartigkeit ihrer Träger ausgestattet waren, gingen so gemessen wie nur möglich, je höher im Rang, desto langsamer, durch die Halle. Ob Zufall, übliche Schlamperei oder raffinierter Part einer Werbekampagne im Rahmen der Imagepflege, um die feinen Namen seiner Gäste, diskret indiskret, leise prahlend als Werbeträger dieses vierstöckigen Fünfsterne-El-Dorados zu missbrauchen, - ich weiß es nicht. Auf einem der winzigen, ziemlich missglückten, spätes Barock imitierenden Beistelltischchen, in einem Seitenflügel der Empfangshalle, entdeckte ich die Gästeliste mit den Namen und Suite- beziehungsweise Zimmernummern der Kurenden im dritten und vierten Stock. Natürlich griff ich zu, zumal ein samtener Vorhangstreifen mich vor direkter Einsicht schützte. Ich las und las und las mich fast durch den gesamten Europäischen Adel. Außer den erlauchten Namen einst regierender Herrscherhäuser und solcher, die nur noch in den Illustrierten und Boulevardblättern ihr bildbuntes, aushechelndes Leben fristen, entdeckte ich neben dem üblichen Kreuz und Quer aus Wirtschaft und Witwenschaft auch einige Namen hoher und höchster kirchlicher Würdenträger, die mit ihren auch noch voll ausgedruckten Titeln, allein schon beim Lesen Frömmigkeit bis zum Insichgehen und Händefalten suggerierten. Der Gipfel dieses Namensregisters aber ist, wie schon gesagt, eine fast erschöpfende Anzahl von hoch- und höchstgeborenen Von und Zu's, welche diesem von Walter für mich erwählten Domizil die Huld ihrer Anwesenheit schenkten. Das wär' ein Fressen für *Bild* und *Bunte*, dachte ich.

Wie das so ist, besonders in den ersten Stunden einer neuen Unterkunft sammelt man seine Eindrücke, die sich zum vorläufigen Mosaik des Gesamteindrucks addieren. Man gibt sich hier, wie zu fürchten, ziemlich verkrampft, doch stets ungezwungen und gelöst und natürlich superweltgewandt-erscheinen-wollend, stets freundlich und überlegen lächelnd, einander zunickend, von früh bis spät die Ehre. Die Herren übrigens schon zum Frühstück mit Krawatte und für die Damen ist mehrfacher Garderobenwechsel ohnehin obligatorisch. Kurzum: hier ist die ganze große weite Welt auf Kur.

Ein endlos nachhallender, ungemein vornehm dröhnend und schließlich dunkel brummend verebbender Gong ruft Stunden später zum Souper. Mit spannungsvoller Erwartungshaltung, einem leichten Lampenfieber ähnlich, schließe ich mich der in vielen Sprachen sprechenden und in betörende Düfte feiner Damen gehüllten Gruppe der zum Speisesaal wallenden Gäste an. Plötzlich steht, wie vom Himmel gefallen, ein dienstbefrackter Herr mit silbriger Fliege und Namensschild vor mir, um mich, den Neuen, an meinen Tisch zu eskortieren. Nach einem geglückten Balanceakt zwischen Gästen, Tischen und Stühlen stehen wir vor einem Tisch für zwei. Mit einer einladenden Handbewegung rückt mir mein Begleiter mit den Worten „ecco signore prego" den Stuhl zurecht. Da geschah's!

Mein Tischdamen-Gegenüber-Schicksal hatte zugeschlagen und versetzte mich durch seine außerordentliche Erscheinung für einen Augenblick in mäßige Fassungslosigkeit. Das hatte ich, romantisch wie ich bin, im Stillen zwar erhofft, - wer tut das nicht, dass es aber auch zutrifft! Kurzum, - auch sie Single und Neuzugang wie ich. Engländerin. Man hatte mich ihr beim Lunch als „ein Herr aus Deutschland" für den Abend angekündigt. Es ist üblich, bei solchen einen ereilenden Tischpartnerschaften, natürlich nur von Seiten der Herren, nach den förmlichen Selbstverständlichkeiten, - Verneigung, Nennung des Namens und notfalls, sofern einem etwas als erweitertes Pipapo einfällt, abschließend die Visitenkarte zu präsentieren. Wie meist, hatte ich keine bei mir, also schrieb ich ihr meine Bürgerlichkeit, mit einer Geste der Entschuldigung auf den Rand der goldgesprenkelten Speisenfolge, neben den in fünf Sprachen, einschließlich japanisch, verheißenen Antipasto. Und siehe da, jetzt sprudelte mir mein Gegenüber seinen vollen Namen - uralter englischer Adelstamm - endlos - endlos, mit einem - wie mir schien - sich selbst dabei verulkenden, doch hochbefriedigten und genossenen Stolz über seine Lippen und fügte abschließend, - wie eine großherzig gewährte Brücke der Annäherung, - eine Art geografische Streicheleinheit hinzu, dass ihr Familienzweig stark deutsch versippt sei. Wenigstens das, dachte ich.

O ja, ich erinnere mich, ein weiblicher Ahn ihrer kontinentweit bekannten Familie war vor wenigen Monaten fünfundneunzigjährig auf einem Schloss in Deutschland verstorben. Und ich erinnere mich auch, so schien es mir wenigstens, auch ihren Namen unter den vielen edlen Hinterbliebenen in einer bemerkenswerten Traueranzeige einer überregionalen Zeitung gelesen zu haben. Wie hilfreich kann der Tod bei solchen Zufälligkeiten sein, dachte ich, denn nun hatte ich einen würdigen Gesprächsstoffanker.

Wie das so ist, wir sprachen über dies und jenes, vorwiegend interessant aufbereitet Nebensächliches hin und her, so wie man sich bei solchen Erstbegegnungen versucht verbal abzutasten, ohne - um Gottes Willen - zu viel zu sagen, geschweige denn, mögliche Trümpfe vorzeitig preiszugeben.

Meine Selbstverpflichtung im Hinblick auf einen zu erhoffenden Therapieerfolg dieser Niederschrift zwingt mich zu schonungsloser Offenheit, ohne zu jenem Zeitpunkt auch nur im geringsten zu ahnen, ob diese Begegnung für meinen Kuraufenthalt möglicherweise, oder auch unmöglicherweise, von Bedeutung sein würde. Darum hier vorgreifend eine kurze Personenbeschreibung: Gesicht oval, Augen irritierend schwarzblau, Haare dunkel und lang, aus der hohen Stirne gekämmt, ausgeprägtes Lippenpaar, - sehr bemerkenswert, und wie ich vermute, ist die Dame nicht ohne Begabung fürs Komische, Ironische, ja sogar Groteske. Alter Ende zwanzig, Anfang dreißig, vergleichsweise hoher Intelligenz verdächtig.

Vollkommen überraschend, eine entstandene Gesprächspause geschickt nutzend, verabschiedete sich mein Gegenüber, gleich nach dem sehr appetitlich verspeisten Dessert, mit einem immerhin hinreißend gelächelten „See you tomorrow“ und war weg.

Fast erschreckt durch die Plötzlichkeit ihres Aufbruchs dachte oder flüsterte ich, indem ich meiner Adelsdame etwas verdutzt, doch ziemlich entrückt nachschaute, - o po po.

Der Adel, meditierte ich gedankenverloren, praktiziert seit mehr als tausend Jahren die „Europäische Gemeinschaft“, auch wenn die lieben, kontinentweit verzweigten, da und dort mit dem Geschäft des Herrschens, weitgehend jedoch mit Repräsentation befassten Verwandten - bis hinauf zu den wenigen Gekrönten - einander bei aller Blut- und Heiratsverbundenheit, ja bis zum Wahnsinn produzierenden Inzest, von Madrid bis Moskau sich befehdeten und oft schon wegen lächerlichster, vollkommen üblicher Familienstreitigkeiten, darüber, wem, was, warum und bis wohin gehört oder auch nicht gehört, oder wer was erheiratet oder anderweitig weitverzweigt ererbt hat, umbrachten; und ihre Untertanen im Namen des jeweiligen meist ebenso verordneten sich christlich nennenden Glaubensbekenntnisses zwangen, mit durch Gottesmänner für den „Sieg der gerechten Sache" gesegneten Knüppeln, Lanzen, Schwertern, Vorder-, Hinterladern und Kanonen die vollkommen unbeteiligten Untertanen auf der anderen Seite des Familienclans zu erschlagen; und je nach Anzahl und Rang der erlegten „Feinde" wurde nach dem Sieg großzügig mit Orden oder, wenn das Blut des Schlachtensiegers ausreichend blau war, auch mit ganzen Ländereien samt Untertanen entlohnt. Und - wir sind im Lande der Dichter und Denker, in dem einer unserer Versefürsten den *Süßen Tod fürs Vaterland* auch noch besang - und es nach einem Sieg oder auch einer Niederlage durch die Deutschen Dome, und nicht nur die deutschen, *Nun danket alle Gott* choralte. Was solls, die Majestäten konnten zufrieden sein.

Jetzt, bei meinem Erinnerungsmarathon, ist mir bewusst, dass ich mich für meinen meditativen Ausrutscher von damals eigentlich entschuldigen muss. Ich konnte nicht ahnen, dass der makellose Formen- und Bewegungsablauf der Rückenansicht einer sich entfernenden adeligen Dame solche Gedankenspiele auslösen kann.

Ganz ausschließen möchte ich allerdings nicht, dass mich ein persönliches Erlebnis vor Jahrzehnten zu solch ambivalenter Vertrautheit mit dem Adel verführt hat.

Durch eine sicher unverdiente Gunst war ich Gast, vorwiegend allerdings auch in beruflicher Mission, bei einer Fürstenhochzeit. Es war, wie man das heute in der Sprache der Medien nennt, „eine Hochzeit des Jahres", wie sie sich zu Dutzenden jedes Jahr ereignen. Irgendwann im Laufe der recht fröhlichen, geradezu hocheuropäischen Familienfeier ging ich durch die Reihen, da stieß mich eine wohlbeleibte, fürstliche Durchlaucht, verziert mit drei riesigen Orden, höchstpersönlich an und sagte: „Setz dich doch zu mir, du Arschloch." Verblüfft und natürlich auch geehrt durch solch familiäre Intimität seitens Seiner Hoheit zögerte ich, - da merkte Seine Durchlaucht den Irrtum und sagte, „Verzeihung, ich dachte, Sie wären mein Bruder."

Der Kurbetrieb ist angenehm unaufdringlich. Nirgends riecht es nach gesundmachenden Kräutern, etwa Heublumensäckchen oder Kamille, und man spricht auch überhaupt nicht über Krankheiten oder deren Folgeerscheinungen. Auch ist nirgends ein Gast, dem man Gebrechlichkeit oder gar Hilfsbedürftigkeit ansieht. Eigentlich, und das ist das optische und erschnupperte Ergebnis schon nach den ersten Tagen, sind alle Mitbewohner des Hotels recht fit, wenn auch - wie schon gesagt - förmlich und steif. O ja, man weiß die Vorzüge von

Montecatini sehr wohl zu schätzen! Hier deutet nichts auf hydrogymnastische Grausamkeiten à la Wörishofen mit seinen Kaltwassertrampeltouren oder gar Abano, wo ab früh um drei das Kuren unbarmherzig einsetzt, in Form von Zumutungen aus heißem Schlamm, Lava oder ähnlichem Urweltdreck, in den man von ziemlich verdrießlichen Kurschwestern oder Kurbrüdern gepackt wird. Auch der Gedanke an Buchinger-Klinik-Hungerhalluzinationen ist hier nicht nachvollziehbar, ganz im Gegenteil. Hier kommt auch der verwöhnteste Gourmet zu seinen, von keiner Diät beeinträchtigten Genüssen. Die Montecatini-Kur erlaubt alles, was einem auch sonst lieb und wert ist und man gerne tut! Keinerlei unzumutbare Enthaltsamkeiten einschließlich Alkohol oder Nikotin. Sicher wären die meisten der hier Kurenden sonst gar nicht da. Man muss in Montecatini nicht einmal auf die in Italien so berüchtigten und mehr noch gefürchteten Streiks, auf italienisch „sciopero", verzichten, - auch wenn es den Kuroberen der Stadt bisher gelang, den Streik vom Kurbetrieb fernzuhalten, - es wäre nicht auszudenken. - Doch mit irgendwas unzufrieden zu sein, - mehr Geld verdienen zu wollen, mehr Freizeit oder anderer moderner Errungenschaften in größerem Umfang als bisher teilhaftig zu werden, - man kennt das ja. Aus irgendwelchen Verbandsgalgenvögelkehlen dröhnt es wortgewaltig, und schon verkünden es Plakate in grellen Farben, und die Streikenden formieren sich zu Sprechchören mit zuweilen obszöner Überdeutlichkeit: *Sciopero; Sciopero*! Mamma mia, mamma mia!

Walter hatte Recht. Inzwischen bin ich ihm von Herzen dankbar, dass ich seiner agitatorischen Überredungskunst, nach hier zu fahren, erlegen bin. Für mich ein Beweis, dass man als Betroffener gar nicht weiß, wie dringend man einer Erholung, einer umfassenden Regeneration und Entgiftung von allen einen umlauernden Umwelt-Tödlichkeiten ohne Wenn und Aber bedarf.

Doch Vorsicht ist, wie bei jeder solchen Unternehmung, auch bei einer Kur in Montecatini dringend anzuraten. Denn schon nach den ersten Tagen merkt man's überdeutlich: Irgend etwas geschieht mit einem. Vollkommen unvermittelt sprach mich gestern eine Dame an, Neuzugang wie ich, vor knapp einer Woche angekommen, Alter plus/minus einsetzendes Klimakterium, so, als sei einzig ich schuld an ihrem Zustand: „Diese auslaugende Langeweile, entsetzlich, wenn mich wenigstens wer umbrächte, und überhaupt, wofür muss ich hier büßen", und so, als käme sie gerade wieder zu sich, fügte sie leiser werdender hinzu: „Entschuldigung, aber ich musste das sagen, - bitte entschuldigen Sie." O ja, ich entschuldigte, und ich wusste auch, von Tag zu Tag mehr, dass auch mit mir einiges im Gange war. Der Zeiger der Zeit zuckt und zuckt, ohne sich von der Stelle zu bewegen. Man fühlt sich schuldlos verstoßen, von sich selbst verlassen. Nirgends klingelt das Telefon, geschweige denn ein Termin erinnert daran, dass man nicht ganz sinnlos auf der Welt herumläuft. Hätte ich schon zu jenem Zeitpunkt gewusst, was auf mich, das heißt wohl auf jeden hier Kurenden, mit unterschiedlicher Vehemenz und

Ausprägung zukommt, hätte ich gedacht, stellen Sie sich nicht an, das ist erst der Anfang, Sie werden sich noch wundern, liebe Frau.

Was hilfts, man flüchtet, richtiger gesagt, ich flüchtete zu längst versunken geglaubten Duinesischen Innerlichkeiten, „Wer, wenn ich schriee, hörte mich denn...“, um schließlich wieder bei Rilkes „ausgesetzt auf den Bergen des Herzens“ zu stranden.

Der Galerie- und Antiquitätenbetrieb ist dagegen tatsächlich beeindruckend, so als sei letztendlich diese Ausschweiferei in sonst wenig oder kaum betretene Gefilde visueller Innerlichkeit die einzig sinnvolle therapeutische Gegenmaßnahme, um auftretende Kurreaktionen in umsatzfördernde Ergebnisse umzumünzen.

Schon nach wenigen Tagen des ziemlich sinnlosen Umherschweifens durch die Musentempel der Stadt hatte ich den unverwischbaren Eindruck, dass die Produzenten von Antiquitäten, vom etruskischen Becher beziehungsweise von der Schale mit vielen winzigen Tier- und Menschendarstellungen auf dem Schalenrand bis zu Schöpfungen des Barock in Marmor, Sandstein und Bronze, griechischen und römischen antiken Kleinplastiken, inklusive reizvoller Marmorbröckchen und Brocken, Mühe hatten, die Nachfrage zu befriedigen. Auch die Zusendung von Einladungen zu Auktionen und Vernissagen, auf denen man sehr fein und sauber seinen Namen geschrieben findet, ist beeindruckend, das Selbstwertgefühl steigernd, und beängstigend perfekt funktionierend.

Was soll man auch mit der vielen Freizeit machen? Freizeit! Fast ein Hohn! Ganz abgesehen von den persönlichen Kurquerelen, die jeder für sich behält als Strohhalm der Erinnerung an den, der man einst war, - und außerdem immer nur den Blick in den toskanischen Himmel erheben oder eben nur Trinken und Töpfchen gehn? Gut, gut, so, wie man bekanntlich bei aller vor Lebensweisheit triefenden Skepsis und des Infragestellens an irgendetwas glauben soll, klammert man sich hier notverordnet an die Trink- und Kurgesetzlichkeiten, wenn nicht an Schlimmeres, und Professor Guzzis Trost, heils-und freundlich aufmunternder Gesamtgenesungswunschblick, einschließlich der sehr zufriedenstellenden Ergebnisse der Blutwerte und anderer Körperflüssigkeiten verlieren zunehmend an Tröstlichkeit und Zündkraft. Es ist, als stellte sich eine überfallartig einsetzende Phase besorgniserregender Antriebsschwäche ein. Was trotzdem unverändert die Zeit kommandiert, ist der tägliche Brunnengang, die Trinkerei. Die Nummer der Quelle und die Menge des hinunterzuwürgenden, aus dem Inneren der Erde, buchstäblich urweltfrisch, alkalisch-salinisch und auch radioaktiv, soeben gesprudelten, meist ziemlich verdächtig übelriechenden, aber angeblich Genie, Gesundheit und Lebensfreude und Frische spendenden Nass ist genauestens reglementiert. Bei Gott! Hier ist jeder Tropfen kostbar, und jeder Becher oder jedes Glas wird ohnehin nur nach ärztlicher Verordnung gereicht und von reizenden Brunnendamen in die Kurkarte geknipst.

Der Vormittag gehört überwiegend den Kurverordnungen, also auch dem ebenfalls gesundheitsfördernden Flanieren durch die Wandelhallen und dem Trinken mit seinen unausweichlichen, wenn auch erwünschten Folgen, oder Arztbesuchen und Bädern.

Beim Mittagessen - unvorstellbar hier dies Wort für diesen zu einer andachtsvollen Prozedur gestylten Vorgang, - also beim Lunch, praktiziere ich mehr schlecht als recht mein Englisch, wofür sich Miss Trix, - meine Adelstischdame hatte mir dieses Kürzel für ihren endlos langen Namen angeboten, - mit ihrem Deutsch, das als Folge von Ferienaufenthalten haften geblieben war, grammatikalisch ebenso regelwidrig wie erheiternd, aber hemmungslos revanchiert.

Wir sprachen viel und über viel, natürlich und vor allem anderen über Kunst und Kultur, - in der Toskana ohnehin ein Dauerbrenner des gepflegten Tête-à-Tête, doch kaum über Privates, geschweige denn über das Warum und Wozu, beziehungsweise wogegen der Kuraufenthalt jetzt gedacht sei. Auch sie ist nicht zum ersten Mal in der Toskana, wenn auch wie ich zum ersten Male als Kurgast hier. Und wie das bei Kurort-Bekanntschaften ist, fast jeder oder jede, der man auch nur das Geringste über eine noch so harmlose temporäre Zweisamkeit erzählt, überfällt einen, meist eine Affäre witternd, mit der Frage, auf die ich vorgreifend so antworte: Dem Allerweltsadjektiv „schön“ entzieht sich Miss Trix durch eine fast rätselhafte, irgendwie geheimnisvolle, Grenzen setzende Distanz zu ihrem Gegenüber, so, als erlaubte die Trägerin dieses Gesichtes eine längst zum Klischee erstarrte Form visueller Einschätzung nicht.

Darum wohl auch meine Retrospektive über die europäische Adels- und Familiengemeinschaft nach ihrem plötzlichen Aufbruch am ersten Abend, als ich sie von hinten sah.

Lucca und Pisa waren unsere ersten gemeinsamen Nachmittags-Ausflugsziele. Was soll man sagen, wenn man den Dom von Lucca oder die Campo dei Miracoli, Baptisterium und Camposanto in Pisa, auf dem sich die toskanische Baukunst zu der Welt schönstem Ensemble verdichtet hat, wieder sieht? Am besten nichts.

Neugierig verfolge ich die unterschiedlichen Reaktionen der Umstehenden. Die einen blättern aufgeregt in Kunstführern, andere streiten, weil sie sich über kunsthistorisch-stilistische Zuordnungen nicht einigen können. Der Rest reagiert mit anfallartigem Fotografieren.

Miss Trix und ich schauen und schweigen, jeder auf seine Weise bildungstriefende Innerlichkeit produzierend, so, als habe man sich ein Zäpfchen eingeführt und erwarte nun eine Art Kulturschub. Da zeigt Miss Trix auf den schiefen Turm und sagt etwas sehr Gescheites und Richtiges: „Sein Unglück machte ihn berühmt.“ Ich sage teilnahmsvoll ja und andachte weiter. Plötzlich, wie unser Schweigen beendend, fragt mich Miss Trix: „Waren Sie schon einmal in Schottland?“ Ich sage nein. Und sie: „Fahren Sie einmal hin, das Gegenteil von hier.“ Gut, denke ich, aber was ist um aller pisanischen Himmel Willen das Gegenteil von hier? - Auch so ein Dehio-Welträtsel!

Diese Ausbrüche in die Welt hoher und höchster Kulturschöpfungen empfinde ich von Mal zu Mal mehr als Bildungsfolter, eine Art Zungenschleifstein, um noch gesalbter als bisher über Spitzbogen, Rundbogen, Säulenallerlei, Giebel und Skulpturenschmuck zu mauscheln. Man hat seine liebe Not mit den Pflichtübungen toskanischer Sakralarchitektur und ihrer touristischen Bewältigung, wenn man zum x-ten Mal vor ihnen steht. O ja doch, sie machen auf tröstliche, oft auch zu Tränen rührende, beseeligende, aber auch bedrückende Weise sprachlos, - es fällt einem nichts mehr dazu ein.

Natürlich erheben sie die Seele, oder was man dafür hält, - aber wohin denn noch, fragt man sich. Denn das Warum, Wann und von Wem erbaut zu wissen, gehört doch ohnehin zur Grundvoraussetzung für jeden fortgeschrittenen Davorsteher, - außerdem ist einem das sowieso inzwischen vollkommen egal.

Walter hatte diesen Zustand im Verlauf seiner telefonischen Montecatini-Therme-Verführungssymphonie treffend kommentiert: „Wer da normal bleibt, ist verrückt!" Genau so ist es. Bei allem Ausgeschlachtetwerden für den Fremdenverkehr sind diese Steingebirge doch Vergangenheitsrelikte und auch bedenklich stimmende Glaubensknüller von einst. Zwar marktgerecht aufgearbeitet, sind ihre Botschaften längst zu beängstigend lebensfernen Worthülsen verkommen.

Mitten ins Herz deutscher Perfektionalität und Bürokratie traf der aufgeschnappte Kommentar eines Berliner Omnibusreiseleiters zum schiefen Turm, der seiner überwiegend senioren Fracht, die eben heruntergelesenen Jahreszahlen, Daten, Dicke der Wände, Höhe und Breite, Neigungswinkel und

Geschwindigkeit mit dem Satz ergänzte: „Ein Glück... dass der nicht in Deutschland steht, dann hätte die Bundesbauverwaltung für kirchliche Bauwerke längst einen Zaun davor errichtet mit einem Verbotsschild: „Wegen Einsturzgefahr und Erregung von Schwindelgefühlen Betreten und Hinschauen streng verboten."

Ich musste an die markanten Glaubenskürzel und Erkenntnissätze von Walterchen denken, der all diese toskanischen Leckerbissen aus Cararra-Marmor so gegenwartsbezogen in sein unverwüstliches und erfrischendes Kunst- und Spottverständnis, ganz gleich ob Romanik, Gotik, Renaissance oder Barock hineinbutterte, dass einem schmelzwarm ums Herz wurde.

Inzwischen bin ich, es ist der dreizehnte Tag meiner Kur, das Opfer einer ungewissen Quellenmelancholie geworden. Zwar scheint die Phase der Antriebsschwäche überstanden, doch in welche Richtung mich der wiedergewonnene Antrieb treibt, weiß ich nicht, zumal sich auch keine eindeutigen Hinweise auf einen außergewöhnlichen Kreativitätsschub bemerkbar gemacht haben. Aber vielleicht gehört auch dieser Zustand zum normalen Kurverlauf. Diese raffiniert-brutale Veränderung der Lebensgewohnheiten mit ihrer bohrenden Monotonie des ewig Gleichen hat Folgen. Da hilft auch der immer wolkenlose Himmel nicht. Im Gegenteil, - wie schön wäre jetzt ein Wolkenbruch mit Blitz und Donner, - so richtig wieder einmal um die trockene Haut rennen zu dürfen, und nicht nur, wenn man ohnehin rennen muss!

Nur verständlich also, dass die überwiegende Zahl der hier Kurenden nicht zu der Generation der Twens und Thirties gehört, von den üblichen Ausnahmen freilich abgesehen. Das ganz primitive Verlangen nach einschlägigen Amüsierzentren im Hinblick der Behebung einhelliger Bedürfnisse fällt hier wenigstens fürs Erste weg. Wie schon mehrfach versichert, hier ist man fein. Und wenn es schon sein muss, dient wieder einmal die Kunst als Brücke, für die sich teils wegen der Langeweile und als überlang empfundenen Abende und gegebenenfalls auch erwachender schöpferischer Impulse - und nicht nur solcher, die ihrer Erfüllung entgegen harren. Wer es von den Singles geschafft hat, eine Sie oder einen Er am Arm, mehr oder weniger innig, nach Goethes *Hermann und Dorothea* der schöneren Hälfte des Tages im Rahmen einer Vernissage, einer Kunstauktion oder anderem Spektakel entgegen zu fiebern, ist vor einem spontanen Zuschlag bei einer Auktion oder einer sogenannten einmaligen Gelegenheit eines Bilderwerbs, vielleicht der Pinsel-Schöpfung eines alten Meisters oder einer eben aufsteigenden Sonne am Gluthimmel des Maleruniversums oder des Begründers eines brandneuen Ismus ziemlich sicher. Verständlich also, dass auch spontan eintretende Liebesaffären bei Singles in Montecatini und nicht nur bei Singles, fast zum normalen Kurverlauf gehören, um nach den üblichen überstandenen Höhen und Niederungen von Krise und Kur abzuklingen und zur gewohnt langweiligen Normalität zurück zu finden. Hochgefährdet ist dagegen jene Gruppe der Singles, welche ihre Revitalisierung durch eine eventuell eintretende Kurreaktion mit der Flucht ins Irreale, in die schöpferischen Gefilde reiner Kunst, oder was der Arme dafür hält, kompensiert. Da sollten die Alarmglocken auf allen Töpfen und Kanälen schrillen, - meist jedoch ohnehin vergebens. Nur Spießer, vollkommen Humorlose und Geizige, an pathologischer Erwerbsgier leidende, welche sich auch nach hier per PC mit dem täglichen Plus und Minus ihrer Geschäfte füttern lassen, sind vor Entgleisungen solcher Art sicher.

Zu der Gruppe des besonders gefährdeten Personenkreises kommt erschwerend außerdem hinzu, dass die örtlichen Galeristen und Antiquitätenhändler über einen geradezu erpresserischen, die Besitzgier steigernden und den Verstand minimalisierenden Wortschatz mit vielen, meist das Opfer richtig einschätzenden, in Sekundenschnelle erfundenen Details aus der Fachsprache aller Kunstepochen, einschließlich überzeugender Hinweise über zu erwartende Wertsteigerungen und weitere besondere Eigenschaften ihrer Kunstschätze verfügen. Vom Experten bis zum Kunstliebhaber und ausgewiesenen Banausen reicht die Skala der vom Quellenschwachsinn gebeutelten Kurgäste. Wovon auch sollten die vierzig Galeristen hier in einer Stadt mit knapp 50.000 Einwohnern leben, wenn nicht vom Versagen sonst intakter und ausreichender Urteilsfähigkeit, Vernunft und Distanz gegenüber ausschweifenden Kaufentscheidungen ihrer hier kurenden Besucher und möglicherweise auch Kunden. Hinzu kommt bei Auktionen eine Art Wettkampf um die Preziose. Man will es doch dem arroganten Schlamper drüben in der dritten Reihe mit der goldenen Rolex am Handgelenk und der blauroten Säufernase im Gesicht, der so wichtigtuerisch und protzend, immer gleich um hunderttausend Lire steigernd bietet, beweisen. Insgesamt ein Zustand für die bemitleidenswerten Opfer, der am treffendsten mit dem Überschreiten der Promillegrenze am Steuer vergleichbar ist - man verliert rundum die Kontrolle über sich. Ich überlasse es dem Leser dieser Therapiepapiere zu rätseln, in welche Gefährdungskategorie er mich einzuordnen beliebt. Doch vorab, ich gestehe, ich wurde süchtig, ich empfand plötzlich eine Art seliger Ohnmacht, ohne zu wissen, was das eigentlich ist. Kurzum, ein Taumel hatte mich gepackt! Ich erlebte Kunst als eine von Wolken getragene, mich umhüllende Wonne. Ich wusste nur eins: Es ist schön, unsagbar schön. Dieses Aufsteigen zu unkontrollierbarem Höhenflug muss man durchlebt haben, zumal in diesem von Künstlern und Genies doppelt und dreifach gesegneten Teil Italiens sich die Urkräfte aller Musenbrüste seit Jahrtausenden unaufhaltsam ergießen. Wohin man auch tritt in diesem Landstrich, man tritt auf vor Kreativität vibrierenden Boden. Oh, dieser morbide, sündhaft süße Mix aus Genialität und Gaunerei, dieses die Welt bewegende Schöpfertum alter und neuer Meister, Fälscher, Magier und Betrüger aller Epochen. Es ist, als hätte sich hier, wie in einem Brennglas gebündelt, der Glanz und Sumpf aller Kulturen unseres Planeten ein Rendezvous gegeben, um verführerisch und farbenprächtig auf Leinwand, in Sandstein, Marmor, Metall und Holz, ja auch Holz, einem Abend für Abend den Verstand zu rauben.

Eine Kunstauktion in Montecatini hat absoluten Rang als Kulturspektakel, und wenn man es über die Lippen bringt, stellt sie eine Messe im Petersdom lässig in den Schatten. Christie's und Sotheby kann man ohnehin getrost vergessen. Wer in Montecatini nicht zum „Fußgänger der Luft" unter Preisgabe jeder Bodenhaftung zum Experten wird, hat Blei gefressen und ist selber schuld. Ja, auch ich schlug zu, mir war, als sei ich trunken von einer plötzlichen, all meine Sinne bewegenden Liebe zum letzten Aufruf des späten Abends, - ja, ich schlug zu: zum 1., zum 2. und nach einem blutdrucksteigernden und in den Schläfen hämmernden Pulsgetrommel im Wettlauf um die Kostbarkeit, denn auch der letzte Funke von Realitätsbezogenheit hatte mich verlassen, - und zum 3., der Hammer schlug aufs Pult, und ich war stolzer Besitzer eines gotischen Wunders aus Holz, goldgefasst, wahrhaft sensationell. Zwei einheimische Bengels wollten mir meinen Schatz im letzten Augenblick durch zwar verspätetes, aber höheres Gebot streitig machen, doch der Mann mit dem goldenen Hammer hinterm Pult, mit Brille, Fliege und Frack, der Patrone, hatte die schmierigen Gauner durchschaut. Glückwünsche und bewegender und beneidender Zuspruch der Anwesenden, so als hätte ich den Davis Cup gewonnen, überhäuften mich. Der nach der Auktionsordnung zu überreichende Rechnungsbetrag wurde mir nach Computerüberprüfung meiner Kreditkarte quittiert. Der Galerist persönlich beglückwünschte mich mit fast endlosem Händeschütteln und -drücken, indem er ein und über das andere Mal sagte, „Sie dürfen glücklich sein,

Signore." Man fertigte mir auch noch kostenlos eine Kopie der Expertise des wissenschaftlichen Instituts in Milano an, das übrigens vor kurzem in die Schlagzeilen der Weltpresse geriet, als es, sehr zum Verdruss des Heiligen Vaters, das Turiner Grabtuch als Fälschung aus dem späten dreizehnten Jahrhundert entlarvte; das jedoch im Gegensatz dazu meine Neuerwerbung, nach gründlichster Materialanalyse, auf das 13./14. Jahrhundert eindeutig und jeden Irrtum ausschließend, bestätigte. Eine zweite, zwar weniger bedeutsame Expertise verbürgte mir als dem neuen Besitzer des Schränkchens, dass der an einigen Stellen des Schränkchens festgestellte Holzwurmfraß nach eingehender Behandlung zum Stillstand gekommen sei. Ich durfte mich also getrost und ungetrübt meinem schlagartig einsetzenden Besitzerstolz hingeben. Meine Erwerbung war, wie schon gesagt, der letzte Aufruf, der Knüller des Abends, wie man gelegentlich respektlos zu sagen pflegt, und im Nu war der vornehmste aller Musentempel von Montecatini leer. Ich musste mich von meinem neuen Schatz trennen. Mit der Versicherung, dass mir das Schränkchen, ich schaute noch einmal auf die Rechnung, mit der genauen Größenangabe, - 140 cm hoch, 90 cm breit und 24 cm tief und vier Türchen, zwei größere im oberen Teil, zwei winzige im unteren, am nächsten Morgen gegen zehn Uhr versandfertig ins Hotel gebracht würde.

Ohne im geringsten zu ahnen, was in der Nacht auf mich zukommen würde, schlief ich, wie ein Neuverliebter an seine Geliebte, mit den schönsten Gedanken an mein Schränkchen ein, um in seine Welt, die Welt seiner Entstehung, seiner Jahrhunderte und seiner Zeitgenossen einzutauchen.

Aber, oh Nacht der Nächte, Traum der Träume, es war, als hätte ich mit meinem Schränkchen alle Engel und Dämonen seiner Jahrhunderte auf mich herabgeschworen und seinen, vielleicht nur verlockend täuschend schönen Schein, seine goldgefassten Türchen, hinter denen alle Himmel und Höllen seiner bewegten Epochen lauerten, dazu verführt, sich zu öffnen und in heilig schönen, blutig-bösen Bildern und Geschichten sich über mich auszuschütten.

Oh, jene Nacht, - heut' weiß ich's, man träumt nur, was man weiß, mal fürchtet, mal verabscheut, mal verklärt und liebt, doch ohne es bewusst zu wollen, träumen will und muss, und sei es nur als raffinierten Bumerang, - versteckte Rache an der eigenen Bildung!

Es begann ganz lieb und lehrreich und auch fromm, mit Cimabues thronender Maria mit dem Jesuskind, auf Holz gemalt, jetzt in den Uffizien in Florenz, dort sah ich es vor 14 Jahren, zwar größer als mein Schränkchen, doch in den Proportionen und dem Giebel meinem Schränkchen ähnlich.

Und dann, es konnte fast nicht anders sein, seh ich den heiligen Franziskus, bei einer seiner vielen guten Taten, genau wie ihn der große Giotto der Nachwelt als Fresko in Assisi hinterließ, - seinen Mantel einem Armen überreichen. Da zuckt ein Blitz durch meinen Traum, wie wärs, wenn Giotto selbst, das würde doch zu seiner Zeit und meinem Schränkchen passen, einst sein Besitzer gewesen wäre? Im Ernst, was kann in einem Traum nicht sein?

Dann fegen Wort- und Bilderfetzen aus Dantes Höllen-einmaleins-Inferno erbarmungslos durch mein Gehirn, - bis, ich konnte es selbst im Traum nicht fassen, ich überirdisch sanft in Torquato Tassos zarter Dichterseele, voll hoffnungsloser reiner Liebe schmachtend, Zeuge seines Elends wurde. Den Schmerz kann selbst im Traum kein Mensch ertragen, es bohrt und quält, - und plötzlich klingelt auch noch das Telefon, - und siehe da, aus einer lichten Wolke reicht mir ein engelgleiches Wesen den Hörer mit den Worten: „Ein Herr aus Weimar will Sie sprechen." Mein Gott, er ist es wirklich, der hochverehrte Starexperte in Sachen Doppelseelenqual, Mephisto, Faust und Tasso, und olympisch überlegen, hör ich den Satz aus seinem Tasso, den ich seit 40 Jahren gerne spreche: „So klammert sich der Schiffer endlich noch am Felsen fest, an dem er scheitern sollte." O ja, das nenn ich Klassik! Und hoch geehrt, halb selig, halb verstört, stottere ich in die Muschel: „Sehr wohl, Herr Rat, ich will es gern Herrn Tasso sagen," und wache auf, nicht ganz, doch immerhin, um Luft zu holen in der Gewissheit, ich bin noch da, auch wenn aus meiner Schränkchen-Nacht, das spürte ich, noch lange nicht entlassen.

Und dann, o Schreck, mir war, als sei die ganze Renaissance ein Pferderücken, auf dem ich festgebunden, das geile Chaos hundertfacher Sündenvielfalt Heiliger Väter zu durchtraben hatte. Allein der Borgias erbärmlicher Import aus Spanien, Papst Alexander VI, der Mörder auf dem Stuhle Petri und Lucrecia, sein kluges nymphomanes

Töchterlein und deren Mörderbruder Cäsare… Erschauernd höre ich Savonarolas Ruf zu Buß und Reu, - doch ungerührt lässt ihn der Papst erst würgen, dann verbrennen, wie später unter Clemens VIII. Giordano Bruno.

Der Flügelschlag der Epoche peinigte und beglückte zugleich. Da, auf einem Gipfel meines Traumgalopps erlebte ich auch eine Begegnung mit Petrarca, vor dessen Geburtshaus in Arezzo, welcher Zufall, ich erst vor zwei Tagen zusammen mit Miss Trix ehrfurchtsvoll verharrte, und Miss Trix mich mit zwei Zeilen aus seinem hohen Werk von Liebe, Keuschheit, Tod und vielem anderem im Orginaltext überraschte. Auf Deutsch in etwa, „nur schöne Seelen, die das Gute stärken, bewohnen dann die Welt, die golden strahlet." Nun ja, das mag in einem Irgendwo so sein, trotzdem, Petrarca hatte keine Ahnung.

Und siehe da, ein zweiter wüster Dunkelmann verfinstert mir Petrarcas heile Welt, denn auch das größte Schandmaul der Toskana, Pietro Aretino, hat in Arezzo das Licht der Welt erblickt! Da, schau, wer kommt denn da, Nicolo Machiavelli, gerade von den Medicis geschasst, taucht mich in seine widerliche Sicht der Fürstenallmacht, mit seinem ekelhaften Lobgesang und Schmeichelfreibrief für jede Tyrannei und Niedertracht des Fürstenclans, wenn es nur ihnen nützt. Ecco qua! Dachte ich auf italienisch, - seit ihm, seit Machiavelli ist unter Politikern der Brauch, kaum aus dem Amt vertrieben, wird von Bismarck, Churchill, Brandt und Schmidt bis Margret Thatcher ein dickes Buch geschrieben.

Nein, nein, es ist noch nicht vorüber. Zurück noch einmal in meine Nacht der Nächte, an Da Vincis Katastrophenvisionen vorbei, und vorbei auch an Vasaris „unendlicher Sündenflut des Üblen, die das elende Italien ertränkt“ und jetzt noch einmal und wieder mit Vasari: „Zum aus Erbarmen sich rührenden Himmel der schönen Geister, welche die toskanische Erde jeden Tag neu hervorbringt.“

Hurra, ich hatte es geschafft! Was konnte ich mehr und inniger ersehnen, ich war doch mitten drin in der Toskana. - Und wie zum Lohn für alles Überstandene dieser wilden Schränkchenhochzeitsnacht war mir, als hörte ich von irgendwo ein tröstlich leises Pochen, dann Klopfen, ganz ohne Bild, nur Nacht und Traum. Aber es klopfte, ja es hämmerte - ich hielt zum ersten Mal im Leben, sogar im Traum, den Atem an. Dann flimmerte es kurz vor meinem Traumgesicht, doch dann, o welches Bild! Es war der greise Michelangelo, in dessen Werkstatt ich mich träumend eingeschlichen und nun traumhaftig sehn und hören durfte, wie er den Meißel setzend aus einem Riesenmarmorblock sein letztes Werk, - vor dreißig Jahren sah ichs im Castello Sforza in Milano, - die Pieta Rondanini schafft. Da setzt er an und hämmert, schabt und klopft, mal zart, mal fester, dann den Marmor zärtlich streichelnd setzt er den Meißel wieder an.

Der Marmor staubt und splittert. Dann setzt er wieder an, dann hämmert und klopft es wieder und hört nicht auf, und klopft und klopft. Da wurd ich wach. - Du lieber Gott, ich seh im Nu die ganze Renaissance vor mir in bodenloses Nichts versinken, nichts Marmor, nichts Werkstatt, geschweige denn der greise Meister, nur das Klopfen ist geblieben, wird stärker, immer stärker, klopft und trommelt ganz unverschämt. Da merke ich, es klopft an meine Zimmertür. - Es sind die Männer, die mein Schränkchen bringen.

Ich hatte unerhört verschlafen, und die Überbringer des Schränkchens, das wie gewünscht versandfertig verpackt war, stellten die fast mannshohe Kiste auf meinen ausdrücklichen Wunsch auf die licht- und sonnendurchflutete Terrasse meines Hotelzimmers. So hatte ich doch tatsächlich sowohl Frühstück als auch Brunnengang versäumt, richtiger gesagt, verträumt und jetzt trieb mich, wen wundert es, verständliche Ungeduld nach dieser Nacht, erschüttert und erschöpft von den phantasieberstenden historischen Rückblenden, die Kiste zu öffnen. Hier auf der Terrasse soll mir mein Schränkchen, Auge in Auge, als ehrwürdiger Zeuge seiner Zeit, befreit von traumüberbordenden Visionen Rede und Antwort stehen. Und wer weiß, ob es nicht wirklich einst Cimabue oder Giotto gehört hat?

Doch zunächst kämpfte ich mich durch unendliche Mengen Styropor, alte Zeitungen, Holzwolle und anderes Füllgut, in dem meine Antiquität ruhte, um schließlich zusammen mit drei herbeitelefonierten Hoteldienern meinen Schatz ans Licht zu heben. Ja, Holz, auf dem Jahrhunderte bewegender Geschichte ruhn, wiegt schwer. Dann aber stand es vor mir. Ich war mit meinem Schränkchen, welche Sternstunde, allein. Sollte ich nicht doch Miss Trix rufen, zumal ich sie gestern

Abend beim Nachhausekommen an der Rezeption traf und ihr von meinem Glück bei der Auktion erzählte. Doch sie murmelte nur: „Interessant, interessant, because I have never heard of gothic furniture of this kind in this area, - ich bin gespannt, ich bin gespannt,“ sagte sie auf Deutsch und winkte mir ein flüchtiges tomorrow, tomorrow und verschwand. Gut so, recht so, - und der Würde des Augenblicks auch angemessener.

Lange stand ich gedankenversunken vor dem Schränkchen, das sich für mich zunehmend in einen Altar zu verwandeln schien, in dem sich die Wogen meiner nächtlichen Bilderflut glätten sollten.

Welche unüberbrückbare Kluft ist doch zwischen abstrakter Kunst- und Geschichtsbeflissenheit und der Tatsache, vor einem so beglückenden Zeugen eines halben Jahrtausends Auge in Auge zu stehen! Ich verspürte eine fast heilige Scheu, das Schränkchen zu berühren, aber schließlich war es wie beim ersten Kuss bei einer neuen Liebe, - man nimmt die Holde in den Arm und lässt es geschehen. Natürlich nahm ich das Schränkchen nicht in den Arm, so intim waren wir noch nicht, aber ich fing an, es da und dort zu berühren und zu streicheln und mir auch Gedanken über die Technik des Zusammenbaus seiner einzelnen Teile zu machen. Diese reizenden kleinen Fialen! Und die zierlichen Spitzbögelchen, - endlich befreit von der schweren Bürde der Romanik, - nirgends verhunzt ein Nagel mein Juwel, - alles frühe Klebetechnik oder wie man diese Kunst des unsichtbaren und nahtlosen Zusammenfügens damals nannte. Und erst die winzigen Messingbeschläge,

Quatsch, es kann natürlich nur Bronze sein, vielleicht sogar vergoldet, oder reines Gold, jedenfalls alt, plus minus 600 Jährchen. Oh ja, hier könnte Giottos Pinselstrich, dies wunderbare Grün, vielleicht das Grau darunter lasierend überdeckend, aufgetragen haben. Langsam, ganz langsam wurde ich etwas mutiger in der Art der Erforschung und damit verbundenen Bewunderung, und ich gebe zu, auch stolzer. Ich rüttle da, ich rüttle dort, alles fest und klar, - wie eben für die Ewigkeit. Ich kam sogar auf die, ich gebe zu, etwas läppische Idee, in eine Art Gebet vor meinem Schränkchen - Altar zu versinken! „Oh, wenn Du doch erzählen könntest, aus Deiner Zeit, wes Zeitgenosse Du einst warst, als Brettchen um Brettchen und Schnitzwerk um Schnitzwerk deiner edlen Teile von ehrwürdigen Meisterhänden zusammengefügt wurden."

Allmächtiger, das nenne ich Gebetserhörung, meine Bitte wurde augenblicklich erfüllt! - Mir war, als sei ich vom Donner gerührt, als bei näherer Untersuchung auch der Rückwand des Schränkchens sich zwei anscheinend nur flüchtig verleimte Bretter lösten und sich mir die segnenden Hände des Heiligen Vaters, Papst Woytila Johannes Paul II, entgegenstreckten, um der üblichen zum Osterfest auf dem Petersplatz in Rom versammelten Menge den Segen Urbi et Orbi zu spenden.

Ich hielt, zu einem bodenlosen Nichts erstarrt, die zwischen zwei Brettchen als Füllfutter benutzte Ausgabe des Corriere de la Sera vom Osterfest 1983 in meinen zitternden Händen.

Mein wütender Protest in der Galerie stieß ins geradezu lächerlich Leere. „Signore", sagte der Galerist, streng und sowohl zurechtweisend, belehrend als auch beleidigt: „Hier ist die Expertise der Radio-Carbontestanalyse des weltbekannten Mailänder Instituts, von der wir Ihnen kostenlos eine Kopie angefertigt haben. Lesen Sie selbst, sollten Sie das bisher noch nicht getan haben, laut Radio-Carbontest also handelt es sich um das Alter des Materials, des Holzes also, das einwandfrei und mit absoluter Sicherheit auf das 13. bzw. 14. Jahrhundert datiert ist. Von einem Schränkchen, Signore, rief er jetzt fast drohend und gekränkt aus, steht hier nichts und ist auch nicht die Rede. Ich habe Ihnen, mein Herr, die volle Wahrheit, die ich jederzeit vor Gott und dem Gericht zu beeiden bereit bin, gesagt, und dafür verbürge ich mich. - Addio Signore" und mit einem leichten, aber eindeutig fast liebenswürdigem doch unmissverständlichem Druck an der Schulter fühlte ich mich durch die geöffnete Tür wie einen leblosen Gegenstand auf die Straße gestellt.

Montecatini Terme, - es ist, als sei man einer grässlichen Erfindung, einer Art Dehnung der Zeit ausgesetzt, man schaut fassungslos in den Spiegel und erkennt den, der einem da entgegenschaut, nicht wieder. Mir ist nicht zum Lachen. Wer, - und damit noch einmal zu Rilkes Duinesereien oder gar zu Handtkes Versuch über den geglückten Tag, oder, um es auf die Spitze zu treiben, zu Musils eigenschaftlosem Mann, - in gleicher Lage ist, braucht nicht zu erröten, - ein Germanistenwitz im Vergleich zu dem, was einen hier erwartet. Nein, nichts da, zurück auf den Divan der Erinnerung, es gilt, reiß Dir die Brust nur auf, sag, was Du und alle anderen hier leidend, lächelnd, stumm erdulden, tun, als ob nichts sei. Diese 20 Tage in Montecatini, Leben zwischen Alarm und Langeweile, Verdüsterung und Verklärung, immer erneutes Eintauchen in zuvor unbekannte Tiefen und Abheben zu Ikarusschen Sonnensehnsüchten und Abstürzen. Dies Opfer-Sein im dämonischen Wechselspiel zwischen den abgefeimtesten kosmischen Untergrundgeheimnissen mineralischer Elemente, die wir als in Wasser gelöste Botschaften für Herz, Bauch, Leber und Knochen trinken, hat Folgen. Mysterium, Martyrium und Purgatorium zugleich und doch nach außen bestgehütetes Geheimnis jedes Kurenden, als deren stummer Zeuge man tagelang am Durchdrehn war... Dieses teuflisch heilige Wechselspiel der Verwandlungen, Zonen der Befindlichkeit, die sich im Verlauf der Kur in Montecatini einstellen. Eine Berg- und Talfahrt vollzieht sich. Gigantismus, Mikrozismus, Titanismus, Hochs und Tiefs im Rhythmus von nur wenigen Stunden und Tagen neben-, über- und untereinander. Man lebt auf mehreren Ebenen zugleich. Sieg und Niederlage, Tod und Verklärung, Buß und Reu. Man rast durch ein Kontrastprogramm ohnegleichen, das weder die Fünftagewoche noch den Achtstundentag respektiert. Und weil der Tag nicht reicht, öffnet sich der Schlund der Nacht. Eine gnadenlose Traumwelt schlägt mit erbarmungslosen Krallen zu. Hieronymus Boschs sadistisch-satanische Phantasien und Strafgerichte sind ein Kinderspuk dagegen, - und Francis Bacons Fratzenprozessionen könnten bestenfalls einen geistlichen Nachmittag für höhere Töchter beschließen. Als ich Professor Guzzi auch nur andeutungsweise und fast ängstlich mein nächtliches Doppelleben gestand, in der stillen Hoffnung auf ein beruhigendes Medikament, nickte er lächelnd und wie mir schien, auch hochbefriedigt und dabei bedeutungsvoll mit dem Zeigefinger der rechten Hand, mir ein entschiedenes Nein entgegenwedelnd, - und verordnete mir seelenruhig zusätzlich täglich zwei Mal ein halbes Gläschen von Quelle acht, dabei tauchte er mich in sein tiefstes und mildestes Lächeln, dessen er fähig war und sagte, wohl in der Hoffnung, dass ich auch im Italienischen ähnliche Fortschritte gemacht habe „ecco tutto normale, Signore, tutto normale... " Und das wars denn auch... Nein, nein, nach außen bleibt alles unverändert. Diese Schlammschlacht der Seele findet hinter der Normalfassade des machtlosen Kurgastes statt. Es geschieht einfach, - und kraftlos lässt man's geschehen in der Hoffnung auf einen neuen Menschen, als der man am Ende der Kur Montecatini verlassen wird, gehorsam und milde entmündigt durch die Quellenrituale, denen man sich unterworfen hat. Vorbei, vorbei... ich schlage schweißgebadet die Augen auf, - mein letzter Kurtag ist angebrochen. Heute also zum letzten Mal den alkalisch-salinisch-radioaktiven Quellenmix aus Schwefel, Calcium, Magnesium, Bicarbonat und vielem anderen mehr.

O dunkle Urweltbrust, nach Schwefel stinkend warme Brause! Eintauchen zur kosmischen Untergrund-Mineralien-Nabelschau. Man braucht nur den Becher hinzuhalten, und die

Gesundheit verheißenden Wässerchen sprudeln aus vierzehn Quellen, von lächelnden Brunnenelfen überwacht, wie schon gesagt, in die Brunnenkarte geknipst, ins Glas oder den mitgebrachten Becher.

Ich nehme mir heute Zeit, man soll die Zeit der letzten Tage heilig halten, - sagte mir ein Kurgast, der mit Sicherheit nicht wusste, welches Signal der Verwirrtheit er da von sich gab - wie schön, - so ganz entspannt heute noch ein Weilchen liegen bleiben und denken, an all das, was die Tage hier wochenlang bestimmte, manchmal tröstete und selten genug auch fröhlich stimmte.

Der morgendliche Gang zum Kurhaus. Aus allen Richtungen schreitet die tapfere Schar der Kurenden, die man zum Teil schon nach wenigen Tagen als Leidensgenossen aus größerer Entfernung wieder erkennt. Die immergleichen Melodien des Kurorchesters klingen tagein, tagaus, wie Kurorchester rund um den Globus klingen. Der gepflegte Park, eine Augenweide. An manchen Stellen erinnert er an Bogotas botanischen Garten. Gewiss, eine geglückte Schöpfung raffinierter Gartengestalter. Und gar das Kurhaus selbst: Edel zum Platzen! Vielsprachiges Gedränge umgibt die Schar hoffnungsvoll nüchterner Trinker, denen das nach ärztlicher Verordnung in kleinen Schlücken genossene Heldentum, je nach Nummer der gerade geschluckten Quelle, ins Gesicht geschrieben ist. Trotzdem ist natürlich alles vornehm und ohne Frage sehr fein.

Eine ungewöhnliche Flucht von etwa fünfzig palisanderfurnierten WC-Türen mit kostbaren Messingbeschlägen, im schönen Halbrund, vielleicht dem Amphitheater von Delphi nachempfunden oder auch an den edlen melodiösen Bogen der Berliner Philharmonie erinnernd, entdeckt man, wenn man sich von der oberen Ebene des menschendurchfluteten Brunnenbereichs über die schön geschwungene Marmortreppe nach unten begibt.

Das ist das Allerheiligste des Kurbetriebs von Montecatini Terme. Die Wartung, Überwachung und Betreuung des hier ziemlich auf die Minute eine Stunde nach Öffnung des Kurhauses, spontan einsetzenden Stoßbetriebs, wird überwiegend von Damen mittleren und höheren Alters mit viel Einfühlungsvermögen, Lebenserfahrung sowie angenehmer Diskretion, notfalls auch selbstloser Hilfsbereitschaft, wahrgenommen. Um den hohen hygienischen Ansprüchen, denen sich dieses Weltbad verpflichtet weiß, angemessen zu genügen, obliegt diesen Damen auch die absolute Schlüsselgewalt in Gestalt von Vierkantschlüsseln im Hinblick auf die Benutzung dieser Fluchtburgen.

Im Gegensatz zu den im oberen Kur- und Trinkbereich hin und her wallenden, in vielen Sprachen parlierenden Kurgästen, kann man im unteren gelegentlich auch unverhohlene, aber verständliche Eile bemerken. Doch nun genug von dieser menschlich allzumenschlichen Unterwelt und wieder hinauf in die fröhlich unbekümmert scheinende Sonnenwelt, wo man sich wieder einmal an den Klängen der schönen blauen Donau, fast im Walzerschritt, ganz unabsichtlich zur Melodie, die Gläschen schwenkend, erfreut.

Doch nun zurück zum Jetzt und Heute. Aufstehn also!

Das Frühstück wie immer, üppig und mit Köstlichkeiten protzend, tröstet mich in Gedanken ans häusliche Schwarzbrot.

Ganz allmählich spricht es sich herum, dass sich ab sofort, gottlob meinem letzten Kurtag, auch das Brunnenpersonal dem seit mehreren Tagen streikenden Personal der städtischen Betriebe angeschlossen hat. Der Brunnenbetrieb gehe aber trotzdem selbstverständlich weiter, mit der herzlichen Bitte vom Self Service im Kurhaus Gebrauch zu machen. Wenn schon, - man wird eben auf die charmanten Damen mit den Lochzangen verzichten müssen, und von welchen Quellen und wieviel zu trinken ist, weiß jeder selbst. Ein grünbefrackter Boy trägt ein Schild durch den Frühstücksraum, auf dem zu lesen ist, dass die Kurverwaltung als Ausgleich für die streikenden Brunnendamen, gewissermassen als vokalen Trumpf, für das selbstverständlich nicht streikende Kurorchester den Tenor Enrico Martello verpflichtet hat. Was ist der Mensch?

Auch der Wohlhabendste und Edelste erliegt der Schwäche, das, was sonst nur nach besonderer Verordnung, aber plötzlich aus welchem Grund auch immer unbeschränkt zu haben ist, kräftig zu begehren; und wenns nur ein Schlückchen da, ein Schlückchen weiter links wäre, wo sonst die große Schlanke mit den langen, dunklen Haaren unerbittlich streng, immer genau die verordnete Quellen-Menge kontrollierend, überreichte. Da fließt es gelb, dort etwas bräunlich, dort dampfend noch nach weiß-was stinkend... Oh, dieser Sonntag! - Blauer Himmel, und mein letzter Kurtag! - Fröhliche Menschen im melodischen Gleichschritt, die Trinkbecher schwenkend! - Des Kurorchesters silberhaarig bauchiger Startenor Martello, Tostis Wimmerarie *Ich möchte sterben in des Frühlings Prangen* über allen Schmalz erhaben schluchzend, wird vielen der nicht eben ergriffenen Zuhörer trotzdem unvergessen bleiben. Eine ältere Dame, neben mir, über und über schmuckbehangen, ganz in Schwarz gehüllt, mit vielen Spitzen, für die das Lied nicht neu war, zumal Martello ohnehin auf italienisch schluchzte, höre ich zu einer Jüngeren, neben ihr gehend, gleichfalls aus dem Becher nippend, sagen: „Das verspricht er schon seit 22 Jahren!“ Endlich bin auch ich wieder an der Reihe, sprich Quelle, und es ist, als genösse es die schluckende Schar, dass sie endlich einmal richtig zupacken darf. Man braucht nur den Becher hinzuhalten, und es fließt ganz von allein. Es ist, als flösse alter Chianti gratis, so gierig halten viele Kurenden die Becher hin.

Um den Eindruck normalen Kurbetriebs zu vermitteln, spielt die Kurkapelle neben den von Martello zelebrierten Gesängen besonders packende Melodien. Verständlich also, dass sich der Brunnenbetrieb heute etwas in die Länge zieht. Auch der small talk unter den Kurenden lief auf äußerste Kraft voraus. Es war, als hörte man das Rauschen hoher Gedankenflüge, tauschten sich Träger berühmter Namen und erhabener Ideen, vom Leben nach dem Tod bis zu Börsentendenzen, von New York bis Tokio sach- und fachkundig mit und aus. Dann zum Schluss, gegen 13 Uhr, erklang als besondere Huldigung an die Kurenden noch einmal Tenor Martellos Stimme und wieder mit Tostis grausigem, nicht umzubringendem leeren Versprechen bezüglich des Todes in des Frühlings Prangen, das ausklingt mit dem in Tränen erstickendem Flehen „Dann komm, o Tod…“

Noch während des Höflichkeitsapplauses für den sich immer wieder dankbar lächelnden, sich verneigenden Tenor enteilten die Musiker, und da sich Martello über Gebühr lange verneigte, klatschten einige auch immer wieder in Schüben, wie das so ist, bis der Star allein in der Orchestermuschel stand. Doch dann, - Gemurmel da, Gemurmel dort, als käme ein Gewitter, haben es viele plötzlich eilig. Auch ich. Ich gehe gemessenen Schrittes, ich weiß wohin, den Gang entlang, die marmorbelegte, herrlich geschwungene Treppe nach unten. Da wird es laut und immer lauter, von fröhlich Kurenden kann solcher Lärm nicht kommen.

Nach dem letzten schwungvollen Bogen der Treppe stehe ich vor Menschen in höchster Aufregung. Ein Mann, in städtischer Uniform mit Schildmütze behauptet, brüllt gestenreich den Kurgästen, die verzweifelt an verschlossenen WC-Türen rütteln, immer das gleiche, jedem Italiener vertraute Wort *Sciopero, Sciopero*, Streik, entgegen. Die Damen, mittleren und höheren Alters, welche sonst den Hygienedienst mit unbegrenzter Vierkant-Schlüsselgewalt in diesem Kurbereich versahen, hatten sich als streikverschärfende Maßnahme, jedoch unter Mitnahme der Schlüssel, unvorhergesehen ebenfalls dem Streik angeschlossen.

Entsetzlich! Ich flüchte ins Freie... Was sehe ich! Was sehe ich! Was ist der Mensch?!

Ich stehe in quälender Eile am Rand des herrlichen Parks... Allmächtiger, leih mir den Federkiel und Kopf von Dante, Cervantes, Shakespeare, notfalls Schiller. Jeder Schutz und Sicht verheißende Busch, Baum und Strauch ist, wie sich beim Nähertreten erweist, schon behockt. Es reicht, wie man so leichthin sagt, weder hinten noch vorn, was bedeckt sein sollte und wollte, zu bedecken. Der Kardinal in Sichtweite vom Playboy, der Wirtschaftsgigant aus Japan fand ausgerechnet hinter einem heimischen, japanischen Zitterahorn Sichtschutz, zumal er dank der kleineren Gestalt weniger zu verbergen hatte.

Der Gedanke an eine Springprozession drängt sich bei einiger Phantasie auf. Doch Schluss! Ich versage mir weitere Andeutlichkeiten. Ich gebe zu, auch ich war der Versuchung geringfügig erlegen, bei dieser günstigen Gelegenheit die oft genannten Quellen 7 und 13, die mir Professor Guzzi nachhaltig verweigert hatte, zu testen.

Von Oslo bis Johannesburg, von San Francisco bis Tokio hatte der Streik den Globus in die Knie gezwungen.

Wer wüsste es nicht, ein Streik gehört zu Italien wie Pizza und Pasta, Mafia und Chianti. Und schließlich hatte doch jeder der peinlich Betroffenen, wie das Juristen nennen, sein Schicksal selbst gewählt verschuldet. Denn selbst bei sorgfältigster Vorsorge führt nicht jeder Kurgast für den Fall eines unkontrollierten, wenn auch, wie sich zeigte, nicht risikofreien Vorteils, einen Vierkantschlüssel mit sich.

Ich war, nachdem ich den Speisesaal betreten hatte, nach da und dort geschaut und gehört hatte, gespannt, wie sich Miss Trix heute verbal präsentieren würde. Und siehe da, schon steht sie vor mir. Ich rücke ihr, heute besonders zuvorkommend, den Stuhl zurecht und kaum, dass sie sitzt, sprudelt es ihr von den Lippen: „Ach, Ihr gotisches Schränkchen, ich bin gespannt, - I am very gespannt es zu sehen, - Sie hatten mir an jenem Abend fest versprochen, es mir zu zeigen." Himmel und Hölle, dachte ich, meiner ohnehin kostspieligen Dummheit auch noch das Eingeständnis meiner Blamage hinzuzufügen, - das wäre zuviel. Also blieb ich bei der Wahrheit und sagte: „Sie haben Recht, es war unhöflich von mir, aber aus Sicherheitsgründen, - Sie verstehen, - ließ ich die Kiste gleich wieder zunageln, zumal die Transportfirma es heute gegen 14 Uhr abzuholen versprach." Ob sie es glaubte? Ich weiß es nicht, - aber es stimmte. Miss Trix flüsterte, als habe sie meine Blamage durchschaut, „I see, I see", ein bisschen zu verständnisvoll und dabei auch noch schmunzelnd. Mich quälte der Verdacht, dass sie meine Erwerbung schon einen Tag vor der Auktion, im Rahmen der Vorbesichtigung, zu der die Galerie wie üblich eingeladen hatte, gesehen haben könnte.

Noch während des Desserts schritt wieder der unheilverkündende grünlivrierte junge Mann erhobenen Schildes durch den Speisesaal: *Sciopero! Sciopero!* Die Verhandlungen sind gescheitert! Morgen, Sonntag, sind in ganz Italien die Tankstellen geschlossen! „Und mein Tank ist leer", zischte ich durch die Zähne, - „mit dem Nachhausefahren ist es also nichts"! „Und mein Tank ist voll", tröstete mich Miss Trix. Ihr Vorschlag, sie auf der Fahrt in die Geburtsstadt Leonardo Da Vincis, nach Vinci zu begleiten, könnte doch ein würdiger Abschluss meiner Kur sein, - meinte sie, - ja - wäre es auch verdammt nochmal gewesen, wenn ich von dort nicht jene verhängnisvolle Karte mit den stillen Bosheiten an Walter geschrieben hätte, die ich jetzt therapeutisch-beichtend büße.

Nach der Rückkehr aus Vinci, längst nach Mitternacht, gehe ich noch einmal, wie abschiednehmend den Weg zum Kurpark, wo mich schon aus größerer Entfernung, mit Scheinwerfern erleuchtet, lebhaftes, öffentliches Treiben empfängt. Gärtner sind dabei, das am Mittag geschändete Büsche-, Baum- und Blumenwunder wenigstens fürs Erste wieder ansehnlich erscheinen zu lassen, und die schmucken Wagen der städtischen Reinigung tun alles, um schon in wenigen
Stunden eines der Kurparkparadiese von Montecatini wieder als eines Weltbades würdig erstrahlen zu lassen.

Es ist geschafft! Ich habe mir auf meinem Selbsterforschungs-Erinnerungsdivan, der alten IBM Exekutiv, die Finger bis zum Pelzig-Werden schlaff getippt. Erstaunt stelle ich fest, der ganze Erinnerungszirkus war doch tatsächlich schöner, aufregender und auch beflügelnder, als die Kur von damals war.

Und wie zum Lohn fühl' ich mich jetzt von kreativen Keimlingen beglückt, verwirrend und verführerisch umstellt. Da trifft mich ein Gedankenblitz, Mensch! Vom hohen Ziel der ganzen Analyse, dem Seelen-Rätsel-Räderwerk die Antwort auf die Frage abzupressen - was hab ich falsch gemacht bei meinem besten Freund, bin ich jetzt ferner als ich vorher war! Doch da - Wunder aller Wunder, - ich kanns nicht fassen, - es ist mir plötzlich auch noch scheißegal!

Da reißt mich aus meinem Tempel schöpferischer Schuldentsorgung, wie zur Krönung meines Therapieerfolges, das Telefon... Ja, es ist Walter, welcher Zufall, - ich mach es kurz, denn das wird lang.

Mein unverschämter Kartengruß aus Vinci, - der mir vielleicht den Schuldkomplex verpasste und mich in selbstquälerische Ängste trieb, - der vielgescholtenen Post Italiens sei Dank, - ist niemals angekommen. Mein bester Freund ist fit wie eh und je und preist in höchsten Tönen die einzig wirklich wahre Kur, die's lohnt, gekurt zu werden. Ich soll, beschwört er mich, um aller Mannes Kräfte willen unverzüglich kommen, den Mineralienschwachsinn vom vergangenen Jahr soll ich getrost vergessen, es tut ihm leid, von Herzen leid, ja, ja, er habe sich geirrt, denn nur Frischzellen sind das einzig wahre A und O des langen Lebens, der Schlüssel auch zur stets präsenten Lendenfröhlichkeit; denn auch der alte Adenauer, sagt man, und sein Glaubensbruder Paul VI., sagt man, verdankten ihre späten, immer frohen frommen Tage diesen Zauberzellchen. Empört ruf ich dazwischen: „Walter, - was soll der Papst mit der Potenz?“ Doch Walter überhörts, fährt fort, Paulchen, nur hier, im Lande Wilhelm Tells, umringt von lieben Lämmern, eigene Zucht von edlen Schafen, genährt auf saftig grünen Wiesen Schweizer Berge, des Sanatoriums Doktor Sowieso, opfern die Tierchen, noch warm vom Leben, das Beste, was sie durch ihres Schöpfers Huld empfangen haben, zu Brei vermahlen ihre Drüschen, in Spritzen aufgezogen, injiziert, kannst du dich lustvoll am eigenen Verjüngungswunder laben... Paulchen, wann kommst du - wann bist du da, oder willst du ewig müde, lendenlahm dem sicheren Tod entgegen leben?

Ich aber bleibe, Dank meines eben eingetretenen Analyse-Wunders, ja sogar trotz Walters fürchterlicher Potenz-Apokalypse, hart. Ich sage, liebster Walter, verzeih, verzeih, glaub mir, ich **bin** kuriert! Ich komme diesmal nicht! Lass mich, wenigstens fürs Erste, ohne die Potenz der Schweizer Böcke weiter leben.

Geliebter Feind

Jede Feindschaft beginnt mit einer Freundschaft. Natürlich fing auch unsere Feindschaft mit einer Freundschaft an. Wie immer oder fast immer. Es muss wohl so sein, - gewissermaßen als Kontrastprogramm zu dem, was kommt. Wie sagt man doch in der Politik so schön und verlogen? - die Gemeinsamkeiten sind aufgebraucht. Doch bei uns war es wirklich so. Es begann damit, dass wir uns liebten, weil wir meinten, uns zu brauchen. Und darum fanden wir uns auch zunächst sympathisch, dann geistreich, dann herrschte weitgehend Übereinstimmung, dann folgte die gegenseitige Bewunderung - mit aller kritischen Wachsamkeit darüber, dass der so geliebte Freund einem weder zur Konkurrenz werden konnte, noch anderen etwas vorzüglicher erscheinen könnte als man selbst. Hier sei es in aller Bescheidenheit gesagt. Wir standen beide im Rampenlicht der Öffentlichkeit, einer mehr als der andere. Er war Theaterregisseur, ich neu am Ort und ziemlich schnell als außergewöhnlicher Fotograf mit Vergangenheit im Dunkeln und vielen Beziehungen zu unterschiedlichsten Persönlichkeiten bekannt. Ganz besonders zu Schauspielern. Zu den Schauspielern der ganz großen Berliner Zeit, den Köpfen aus den dreißiger oder vierziger Jahren, von Elisabeth Flickenschildt über Paul Hartmann, Ida Wüst bis Gustav Gründgens und vielen anderen.

Wilhelm brauchte gute Aufnahmen, von sich, seinen Darstellern und seiner Bühne, der Treppe von Schwäbisch Hall. Richtig, wir sind in Schwäbisch Halls großer Zeit.

Damals, Anfang der fünfziger Jahre. Wilhelms Stunde hatte geschlagen. Von Berlin her kannte ich fast alle seine Hauptdarsteller, und die mich. Ich fotografierte die Schauspielerinnen und machte sie noch schöner , als sie waren, oder viel jünger, als sie nicht mehr waren, die großen Helden fotografierte ich noch heldenhafter und ähnlicher, als sie waren. Eines Tages nahm mich Wilhelm, fast zärtlich seinen Arm um meine Schulter gelegt, zur Seite und sagte: „Du mußt mir den Dings da fotografieren. Du weißt, er hat keine Ahnung von dieser Rolle - was soll ich machen, ich muss sie diesem Saufkopp geben." -Ja, wir nannten ihn die Schorschei. Es ging um die Rolle eines Feldherrn. „Wird gemacht", sagte ich zu Wilhelm. Und als er die Fotos sah, rief er staunend aus: „Du bist ein Verbrecher, - aus dieser Null einen solchen Napoleon zu machen! Nein! Nein! Nein! Das ist wirklich ungeheuerlich. Ich danke dir. Ich danke dir." Wilhelm konnte sich an den Fotos, immer wieder staunend und kopfschüttelnd, nicht satt sehen.

In unseren Umgang hatte sich eine dem Schwäbisch-Hohenlohischen verpflichtende Eigenheit eingeschlichen. Wilhelm war der dankbarste Mensch, dem ich je begegnet bin. In zehn Jahren unserer Freundschaft erhielt er hunderte von Fotos und andere Dinge von mir. Und er war so erfindungsreich in der Art und Weise, sich zu bedanken, dass ich selbst auch an Geld nie dachte. Er zahlte übrigens nicht gern; eine Eigenschaft, die er fraglos mit vielen seiner Stammesgenossen teilte. So gehörte es zu seinen ganz typischen Eigenschaften, dass ihm auch das Abonnement unserer Zeitung, des Haller Tagblattes,

vollkommen entbehrlich schien. Jeden Morgen, kaum dass unser Studio geöffnet hatte, kam er aus seinem Intendantenbüro, um die Zeitung bei mir zu lesen. Auch dringende und andere Telefonate erledigte er aus Gründen der Sparsamkeit bei mir. Und ich und meine Frau, - die es damals noch nicht war und heute nicht mehr ist,- wir fanden das sehr amüsant, freuten uns tagtäglich über sein Erscheinen und vermissten ihn, wenn er ausblieb. Für mich war Wilhelms Geiz immer eine Quelle einsichtsvoller Heiterkeit, denn ich empfand es zauberhaft, in Wilhelms Gesicht den Funken der Freude aufleuchten zu sehen, wenn es ihm gelang, auch nur eine einzige Telefoneinheit durch das Telefonieren bei mir zu sparen. Dann und wann ließ er sich aus dem Café Hammel von Renate eine Tasse Kaffee holen, manchmal fuhr er auch mit seinem Wagen Renate ins Café, und sie balancierte den Kaffee auf einem Tablett zu uns. Kaufte er einmal aus Versehen ganz offiziell etwas, ließ er sich eine Rechnung geben. Er fand Barzahlung scheußlich, - und ich kann mich auch an einen solchen Vorgang seinerseits nicht erinnern. Im übrigen hatte er immer einen Tausendmarkschein in der Tasche. Das gehörte zu ihm.
Wilhelms Geiz hatte etwas Groteskes, sein Geiz war wie ein Geschenk, eine Bereicherung vollkommen ungewöhnlicher Art. Eine Kreation, eine Kunstform vom Teufel auf die Spitze getrieben, aufs Höchste kultiviert. Wir gehen über die Straße, - man sammelt, fürs Muttergenesungswerk. Überall stehen die kleinen Mädchen und rasseln mit ihren Büchsen. Wilhelm hatte etwas ungemein Gewinnendes, Vielversprechendes im

Ausdruck, ja in der gesamten Erscheinung. Schon stand eine der Kleinen vor ihm, rasselte mit der fast leeren Büchse und betete ihn bittend und lächelnd an: „Wir sammeln fürs Müttergenesungswerk." „Das ist schön; ihr Lieben, hier hast du ein Zehnerle", - die Kleine dankt und knixt erfreut. Wilhelm kramt sehr umständlich aus seiner Gesäßtasche etwas hervor und hält ihr seine eiserne Reserve, den Tausendmarkschein unter die Nase und sagte: „Kannst Du wechseln, mein Liebes?"

Unsere Freundschaft war inzwischen stadtbekannt. Wir galten als unzertrennlich. Ganz besonders immer dann, wenn, wie alljährlich Anfang Juni, die Proben auf der großen Treppe begannen. Das nun für ein Vierteljahr in Schwäbisch Hall entstehende Theaterleben verwandelte damals wie heute unsere schöne alte Stadt. Die Großen der Bühne, sofern sie sich nicht auf anderen Freilichtbühnen Deutschlands ihr sommerliches Zubrot verdienten, trafen sich aus Österreich, der Schweiz und unserem damals noch geteilten Deutschland in Schwäbisch Hall. Die Stadt war praktisch von einem auf den anderen Tag kaum wieder zu erkennen. Heute ist das möglicherweise nicht mehr so sehr wie in den 50er und den 60er Jahren, als man hier in Hall noch weitgehend der längst versunkenen ehemaligen Freien Reichsstadt Herrlichkeiten bewusst oder unbewusst nachtrauerte. Einzig die landesweit bekannte Jugendstrafanstalt mitten in der Stadt erinnerte an das Böse in der großen weiten Welt. Und diese Strafanstalt, so erzählte man sich, war nach Schwäbisch Hall verlegt worden, als die Haller Bürger darüber zu entscheiden hatten, was ihnen lieber sei: Eine Garnison oder eine Jugendstrafanstalt. Man hatte sich für die Strafanstalt entschieden, denn, so argumentierte die hoch moralische Bürgerschaft „in einer Garnison laufen die Kerle frei herum und unseren Töchtern nach, in einem Gefängnis sind sie hinter Schloss und Riegel." Doch nun zurück zur Treppe, den Schauspielern, meinem Freund Wilhelm und den unvergessenen Aufführungen: Schillers *Braut von Messina, Der Jedermann, Die Jungfrau von Orleans, Das Salzburger große Welttheater,* Friedrich Hebbels *Die Nibelungen,* Hauptmanns *Florian Geyer,* Goethes *Faust* und Dürenmatts *Besuch der Alten Dame.*

Das waren Zeiten. Einzig meinem Freund Wilhelm war es zu verdanken, dass sich aus dem einst Salzburg nachäffenden Mysterienspiel die Große Haller Treppe, die größte Treppe der Welt überhaupt, vom leicht frömmelnden Mysterienspiel zum Mord-und-Totschlag- und sozusagen köpferollenden Spektakel entwickelt hatte. Eben genau so, wie das Leben wirklich ist und bleibt. Das war wirklich Wilhelms große Tat, dass er die Haller und das bisschen übrige Welt davon überzeugte, dass es auf der Treppe des Lebens, dem ewigen Auf- und Ab unseres Daseins, nicht anders zugehen darf und kann, wie es uns die Wirklichkeit von Homer bis Dürenmatt schöpferisch nachgebildet hat. Und dazu kam auch noch Wilhelms geradezu geniale Lichtregie! Die Haller Treppe wurde wahrhaft zu einem fast europaweiten sommerlichen Kulturereignis. Und all das unter Gottes freiem Himmel bei Nacht. Wilhelms Regieeinfälle und meine Szenenfotos gingen um die halbe

Welt. Unsere Freundschaft war so innig, wie es nur sein kann, wenn man einander braucht. Manchmal hatte ich tatsächlich das Gefühl, solche Harmonie und dabei Einander-nützlich-sein kann so doch nicht ewig bleiben. Unsere Freundschaft wurde zu einer Art Alltäglichkeit, die Gefahr lief, irgendwann in Selbstverständlichkeit und schließlich in Langeweile zu münden. Das fühlten wir wohl beide und fürchteten es insgeheim auch. Doch einer war zum Gefangenen des anderen geworden. Und blieb es zunächst, ja - bis - !

Wilhelms Ruhm hatte sich inzwischen bis ins 40 km entfernte Jagsthausen herumgesprochen, gewissermaßen einer Konkurrenz der Haller Freilichtspiele auf der Treppe. In Jagsthausen, Sitz der Stammburg derer von Berlichingen, hatte sehr bald nach dem Kriege, der Devise folgend 'Adel verpflichtet', der Burgherr die zündende Idee, im Burghof Goethes Jugendwerk, das er dem zum Helden umfunktionierten Edlen Ritter und Räuber Götz von Berlichingen widmete, alljährlich als landesweit beliebtes Spektakel aufzuführen. Es kann doch in Deutschland nichts Schöneres geben, als an der historischen Stätte eines großen Räubers, dessen ehrenvoller Nachfahre man war, den von Goethe umfunktionierten Räuber Götz zum neuen edelmütigen Helden zu erwecken.

Kurzum, Wilhelm wurde als Regisseur für die Burgfestspiele mit Goethes Götz von Berlichingen verpflichtet, Für mich war das Schönste an dieser Verpflichtung, dass einer meiner besten Schauspielerfreunde, Walter Richter, für die Titelrolle verpflichtet wurde. Walters Götz war wirklich herrlich! Der war sogar herrlich ohne meines Freundes Wilhelms Zutun. Dann aber kam's. Ich hatte einen befreundeten, weithin bekannten Kritiker auf die Premiere aufmerksam gemacht. Er versprach zu kommen. Das Urteil meines Theaterkritikers hatte bei einem Dutzend Zeitungen absolute Geltung, und ich dachte, alle Welt solle erfahren, was Wilhelm wirklich kann. Und damit hatte ich das Ende unserer Freundschaft eingeläutet. Oliver, der Kritiker, schrieb einen brillianten Verriss über Wilhelms Inszenierung - einzig meines Freundes Darstellung des Götz pries er als einzigartige Leistung. Mängel über Mängel hatte nach seiner Meinung Wilhelms Inszenierung. Sie sei platt und plump gewesen bis zum Letzten. Mein Versuch, Wilhelms Ruhm weiter in die Welt zu tragen, misslang total, und das Schlimmste: Wilhelm machte mich zum Sündenbock der miserablen Kritik. Menschlich fast verständlich, einen Schuldigen auszuspähen, wenn es gilt, die eigene Weste rein zu halten. Kurzum: Für Wilhelm war es klar, dass ich den Kritiker zu diesem Verriss verführt hatte.

Man kann auch sagen, endlich war es soweit, unsere Freundschaft brach zusammen, unsere Situation war ausweglos, es musste so kommen. Das spürte sicher sowohl er als auch ich. Unsere nun wirklich kreative Phase begann: Ich war für Wilhelm der Schuldige. Basta, und all das, was ich in Jahren in ihm unmerklich gegen mich aufgebaut hatte, entlud sich wie ein erlösendes Gewitter auf mich. Aber das lähmte mich keineswegs. Im Gegenteil. Ich blieb Wilhelm nichts schuldig.

Und wenn eine Freundschaft Monate, Jahre braucht, um zum Blühen zu kommen, entsteht eine Feindschaft gelegentlich fast in Minutenschnelle.

Unsere Feindschaft hatte sich in Windeseile herumgesprochen, denn wir waren als unzertrennliche Freunde bekannt. Nun, es war so, wie wenn einem überglücklich erscheinenden Paar der Partner plötzlich davonläuft - mit einem anderen. Genau so. Heute weiß ich das. Wir waren glücklich, etwas Neues, Unerhörtes war in unsere Beziehung gekommen. Ein reinigendes Gewitter hatte uns gebeutelt, wir waren da, ganz da und einer wachte über den anderen wie der Torwart beim Elfmeter. Die ganze Stadt, eben der an Kultur und Klatsch interessierte Teil der Bevölkerung, machte mit. Und alles das, was sich in Jahren an Positivem aufgebaut hatte, brach krachend zusammen. Wie so oft war eine wirkliche Feindschaft nicht nur durch eine Tatsache zu begründen. Irgendein Vorwand führt dazu, es zu spüren, man hat vom Anderen endgültig die Schnauze gestrichen voll. Tatsachen und Gründe spielen gar keine Rolle. Unsere kreative Chance war gekommen. Es war wie der Gong zur neuen Runde.

Herr Gott, waren wir erfindungsreich im Erfinden. Eine Niedertracht jagte die andere, - und manchmal, wenn es so ganz dreckig von ihm kam, natürlich wurde uns alles hinterbracht, von lieben Freunden, die es alle sehr gut mit uns meinten - ja also, wenn es dann und wann so ganz schwarz und superböse war, die Grenze des Schamlosen streifte, dann war ich irgendwie stolz auf meinen Feind, dieses prächtige Stück Dreck. Oh, intelligent war er, es war eine Pracht. Das Böse floss uns gewissermaßen zu, manchmal konnte man's kaum bewältigen. Und am schönsten war es, wenn wir einander begegnet sind, - stumm oder Arschloch-zischend passierten wir einander. Immer mehr und inniger nahm die Bevölkerung Anteil an unserem Zwist. Doch insgeheim fürchtete ich im Hinterkopf etwas, - und ich bin überzeugt, meinem geliebten Feind, diesem gescheiten boshaften Miststück, ging es genauso - der Gedanke nämlich, und was, wenn wir einst der Zwietracht müde würden, - wenn das ganze höllische Paradies eines Tages in neue Eintracht mündete. Niemals! war immer die Antwort, - der Friede wäre tödlich.

Wir erreichten doch tatsächlich die absolute Höhe des Charmes im Bösen. Wir erfanden so geistreiche Dinge gegeneinander - und dabei half uns eine ganze Schar fleißiger Zuträger. Einzig wir beide Verfeindeten blieben in unserer Lauterkeit in unserem Ziel, Lust am Bösen zu haben, einander treu und gewogen. Noch nie war Feindschaft so innige Liebe und nie das Böse dem Guten so nah, als wenn wir voneinander zu anderen sprachen. Jedes Wort ertrank in vernichtender Bewunderung für den anderen. Doch wenn das Glück am vollkommensten zu sein scheint, bricht oft mit antikischer Gewalt Ungemach über diese himmlische Zwietracht. Mein Leben schien aus dem Gleichgewicht zu geraten. Wilhelm wurde krank. Nein, an's Schlimmste dachte ich nicht, denn das Schlimmste wäre nicht das Schlimmste, natürlich nicht, aber schon eine Unterbrechung unseres Stromes der Niedertracht, der Unterstellungen, der Nachrede, was sollte aus unserem Lebenselexier werden. Sollten wir etwa wieder Freunde werden? Ich war außer mir, verzweifelt, nach diesem Rausch, ja Taumel des Bösen.

Ich habe den Verdacht, dass wir beide in unsere Feindschaft verliebt waren. Nur mit Wehmut kann ich an diese Zeit zurückdenken, die so voll war von Inspiration, denn nichts beflügelt den Geist inniger als abgrundtiefe Bosheit mit versteckter Liebe gewürzt. Ja, vielleicht hatte man den Weg der Bosheit nur gewählt, weil einem diese ewige Bewunderei langweilig geworden war. Wer hinterbringt einem schon, dass ein Freund etwas Gutes über den Freund gesagt hat. Kein Mensch. Wie anders, wenn man in lodernder Feindschaft gegeneinander entbrannt ist. Die Welt spitzt die Ohren, und man kann darauf schwören, dass jede auch nur angedeutete Bosheit mit verlogenen Zutaten und viel genüsslicher Freude dem anderen hinterbracht wird... Wo wäre Shakespeare, wenn's nicht so wäre.

O ja, man kann auch Niedertracht kultivieren, ein Kunstwerk daraus machen. Es gibt Menschen, die entfalten ihre höchste Kreativität in der Bosheit. Wir wetteiferten um die besten Ideen zum Hinterhältigen, - aber nicht aus vordergründiger Infamie, sondern aus Freude am eigenen Einfall. Man wollte dem anderen zuvorkommen, wenn es galt, Schmutz einzufädeln. Wir kultivierten unsere Gemeinheiten auf Gegenseitigkeit bis zur reinsten Helligkeit, ja, wir machten Kaviar daraus. Dabei war jeder von uns bemüht, nie den alles tragenden Grund unserer Bosheiten, das Fließende und die heimliche Bewunderung, den Charme preiszugeben. Gemein ja, aber nie ohne Charme. Und was machten wir uns für Sorgen, wenn wir hörten, es ginge dem anderen schlecht. ER wird doch nicht ausfallen, nein, nein, das wäre eine Art Ausblasen des Lebenslichtes, der Sprit, der Zündung für alles, was uns und anderen Freude bereitete. Ja, man fing an, uns an unseren Einfällen zu messen. Es war wie eine Sportveranstaltung, - die Leute jubelten immer, ganz egal, wem der schmutzige Einfall, die niederträchtige Unterstellung eingefallen war. O, das Böse ist eine wunderbare Sache, wenn man mit ihm den richtigen, durch Regie und Raffinesse gestützten, kultivierten Umgang pflegt. Das ist die Voraussetzung. Jedes Wort muss sitzen, und insgeheim blühen im tiefsten Untergrund, für alle unbemerkt, die Glut und der Stolz auf einen solchen Feind, und die Hoffnung, ihm möge doch um Gottes Willen nichts zustoßen oder gar das Geniale an der Niedertracht ausgehen.

So einen Feind, Gegner oder Lump hat nicht jeder, das ist eine Gnade, eine Auszeichnung vor dem Schicksal. Gut sein, - pure Schwachköpferei. Augen zu, alles hergeben, Maul halten und verschwinden. Am besten sterben, tot sein. Ein würdiger Grabstein des Gedenkens ist maximal drin. Wehe dem Wohltäter, der nicht verschwindet, nach der guten Tat verschwindet. Kaum hat man etwas Liebes getan und redet darüber, heißt es: Eigenlob stinkt. Nur das Böse, die Verleumdung, das milde Verbrechen haben eine echte Public Relation. Das einzige, was den Wohltäter erwartet, ist ein stilles, unausgesprochenes „schön blöd“.

Ein Rasteli des Bösen zu sein, das ist lebenswert. Ein Albert Schweitzer sein, kann jeder, fünf Minuten lang und das möglichst nachts im Schlaf. Welche Wachheit muss man besitzen, wenn es gilt, druckreif die Lüge an der Wahrheit Zipfel zu packen, ohne je das Hansaplast der Soforthilfe zu vergessen, Und wenn Dir's noch so weh tat, was ich tu',- Du sollst trotz allem Bösen mich bewundern müssen, ja, Du sollst sogar stolz sein auf den Hundsfott, der in mir steckt! Und darin besteht ja unsere Liebe, unsere wohlverpackte Liebe, in endloser Bewunderung und im Wunsch, den anderen in Niedertracht zu übertreffen. Wilhelm Busch, der Naivling, hatte nicht Unrecht mit seinem Spruch: „Das Gute ist das Böse, was man läßt.“ Na und? Wo bleibt das Kreative? Auch Jesus machte sich's leicht: „Meister, was soll ich tun, um selig zu werden?“ Antwort: „Gehe hin, verkaufe alles, was Du hast und gib's den Armen“. Jetzt hatte er den Salat, der arme reiche Jüngling: Gutes tun macht einsam. Die Leute schnappen, was sie kriegen und hauen ab, frühestens wenn sie Nachschub brauchen, stehen sie wieder da; - und im Briefkasten liegen die Überweisungsformulare für die und jene Wohlfahrt. Und der einzige Lohn, wenn's hoch kommt, wenn's ein gemeinnütziger Verein ist, man kann's von der Steuer absetzen. Nicht vom Himmel. Die Würze des Bösen ist das Salz des Lebens in der Suppe.

Herr Gott, wer rastet, rostet. Und wir waren so mittendrin, hatten uns aufeinander eingeschossen, trafen unaufhörlich ins

Schwarze, und wenn wir nicht, er wie ich, je einen Rechtsanwalt zum Freunde gehabt hätten, der unsere Korrespondenz besorgte, wären wir arm. Doch dann, das Gerücht verdichtete sich. Zunächst dachte ich freilich an eine der abgefeimten Lügen oder Fluchtversuche Wilhelms. Aber die Nachrichten mehrten sich, und ich sah mich höchst gefährdet. Und dann war es Tatsache. Wilhelm, mein feindgeliebtes Dreckstück, war wirklich ernsthaft krank. Ich grübelte tagelang und ich war traurig und tief betroffen. Ja, er war tatsächlich krank. Was sollte ich tun? Die Würze meines Lebens schien zu welken, fade gingen die Tage ins Land, bis es schließlich zum Letzten kam, zum allerletzten, denn ich fand, das ging zu weit, auf diese Weise zu kneifen. Ich meldete Protest an. Auch wenn ich insgeheim darauf hoffte, dass die Krankheit mehr ein Ausfluss von Wilhelms Neigung zu Hysterie und Hypochondrie sein möge - ich nahm es nicht hin, wie gesagt, ich protestierte, denn so leicht lässt man sich das Licht seines Lebens nicht ausblasen. Von Wilhelm nicht. Ich ging zu ihm.

Ja, liebe Leser, ich besuchte Wilhelm. Ja, ich machte einen Krankenbesuch und mit einem Textbuch zu seinem Stück, das ihm regiemäßig zwar misslungen war und lediglich in unserer Tageszeitung hochgelobt besprochen wurde. Ich war hingerissen. Wilhelm war gerührt, sehr teilnahmsvoll und besorgt, und indem wir uns sehr herzlich unterhielten, verfluchte ich die Stunde, - denn was soll werden, wenn er gesund wird und wir wieder Freunde würden? Um keinen Preis der Welt. Als ich am nächsten Morgen Herrn Karl, eines der gefürchtetsten

Klatschmäuler der besseren Gesellschaft unserer Stadt, traf, erzählte er mir, - und es war Musik in meinen Ohren, - dass es Wilhelm, wie er sagte, besser ginge, ja dass Wilhelm sich über meinen Besuch sehr abfällig geäußert habe, etwa so, dieses Arschloch hat doch tatsächlich die Stirn und wagt es, mein Haus zu betreten. Auch der Pfarrer bestellte mir Grüße und sagte Ähnliches, nur seinem Stande gemäßer, dafür um so flauschiger. Ich war selig. Denn erstens war mir klar, dass Wilhelm auf dem Wege der Besserung war, und zweitens war ich auch gewiss, dass sich an unserer Feindschaft nichts ändern würde.

Ich hatte richtig geahnt, meine Sorge um ihn hatte sich gelohnt. Ja, es schien, als wenn mein Erscheinen bei ihm einen Kreativitätsschub ausgelöst habe. Schon am nächsten Abend wurde mir zugetragen, dass er sich sehr abfällig sowohl über die Unverschämtheit meines Besuchs an sich als auch über diese plumpe Anbiederei geäußert habe. Mir fiel ein Stein von der Seele, ich jubelte, wenn ich auch sorgfältig und wohlverpackt gesprächsweise über meinen Besuch bei ihm einflocht - ich hätte das Rätsel über seine plötzlich wieder erwachte ehemalige schöpferische Potenz - jedermann wusste, was ich meinte, - es handelte sich um den vollkommen unerwarteten Regie-Erfolg seiner letzten Brecht-Inszenierung! Denn auf dem Nachttisch seines Schmerzenslagers lag eine detaillierte Regieanweisung Peter Miltons, - jenes sagenhaften Theatermannes aus Cincinnati, der in den 60er Jahren Brecht in der Neuen Welt heimisch machte. Flugs bezichtigte ich Wilhelm schamlosen Plagiats, was bei so rapider Abnahme eigener Einfälle verständlich erscheine, - ja fast schon verzeihlich sei. Ja, ich bat - welche subtile Niedertracht - für Wilhelm um Nachsicht. Leute, das saß. Das Einschreiben meines ziemlich langweiligen Freundes Dr. Z., Wilhelms Rechtsanwalt, wie man weiß, das mich am nächsten Morgen erreichte, bestätigte mich in meiner Gewissheit, dass Wilhelm auf dem Wege der Besserung sei. Denkste, - Wilhelm! Ich solle die jeder Grundlage entbehrende schamlose Behauptung, er habe seine Einfälle einem verstorbenen Kollegen aus den USA zu danken, zurücknehmen. Andernfalls, - na ja, es folgten die üblichen Phrasen über die Folgen, und dass er, der Mandant des Dr. Z. sich weitere Schritte vorbehalte. - Am liebsten hätte ich mir den blöden Schrieb eingerahmt und Wilhelm umarmt. Ich telefonierte mit meinem Anwalt und bat ihn, dem Gegenanwalt mitzuteilen, dass ich es für unverantwortlich halten würde, seinen Mandanten durch weitere Enthüllungen in seinem Zustand körperlichen und geistigen Verfalls noch weiter zu belasten. Das verbiete mir der Anstand, ließ ich anfügen und empfahl mich mit aufrichtigen Wünschen für eine doch im Bereich des Möglichen liegende, wenn nicht Gesundung, so doch Verlangsamung seines Verfalles.

Wir, Wilhelm und ich, kamen, wie man sieht, in Fahrt. Wilhelm erhielt Auftrieb. Zwei Tage später erspähte ich Wilhelm in der Marktstraße auf mich zukommend, ich wechselte die Straßenseite, und wir passierten einander, in dem wir uns gespiegelt in den Schaufenstern aufmerksam betrachteten. Wilhelm sah erfreulich gut aus. Mein Krankenbesuch hatte ihm doch großen Auftrieb gegeben. Es war, als habe ein Gong die nächste Runde angekündigt. Ach, das würde zu weit führen, alle die kleinen und großen niederträchtigen gegenseitigen Spitzfindigkeiten zu erzählen, und manchmal fürchtete ich, dass uns eines Tages das Pulver unserer Feindschaft naß werden könnte.

Und wie das so im Leben ist: Es kommen unweigerlich Momente, in denen man alles, was man tut oder nicht tat, aus einer übergeordneten Perspektive leidenschaftslos betrachtet. Dieser Vorgang ist in der Sprache des Volkes unter der Bezeichnung „man geht in sich“ bekannt. Das Ergebnis meiner Seelenrecherche war, um es kurz zu sagen, „Was Du da treibst, ist doch lächerlich“. Und so standen wir wieder einmal vor einer schier ausweglosen Situation. Sollte etwa die höhere Vernunft siegen? Seit wann denn das!

Da schlug das Schicksal zu. Wilhelm wurde ernstlich krank, schwer krank. Ich litt, wie ich selten um einen Menschen litt. Es sei eine tödliche Krankheit, hörte man sagen. Da spürte ich, wie sehr ich diesen zum Feind gewordenen Freund doch liebte. Ich hatte erfahren, dass er gegen halb elf am nächsten Tag im Krankenhaus zur Sprechstunde kommen würde. Jetzt wollte ich Wilhelm wiedersehen, denn ich spürte, dass es ernst war. Mit entblößtem Oberarm sah ich ihn in einem der Gänge vor einer Sprechzimmertür sitzen. Ich ging ganz langsam an ihm vorbei. Unsere Blicke begegneten sich, in dem er fast lautlos durch die Zähne zischte: Schöne Scheiße. Und ich hatte das Gefühl, dass er diese zwei Worte ganz ohne

Feindschaft, fast mit freundschaftlicher Geste flüsterte. Ich spürte, wir sind versöhnt und wäre ihm am liebsten um den Hals gefallen!

Wenige Wochen später starb Wilhelm. Einen Freund zu verlieren, ist schlimm, sehr schlimm. Einen geliebten Feind zu verlieren - unerträglich. Und wieder einmal hat die Bibel recht: Liebe Deine Feinde, auch wenn Konfuzius schon fünfhundert Jahre vor Jesus zu dieser Einsicht kam. Ich konnte nun nur noch meinen Verlust beklagen. Ein neuer Feind? Kommt gar nicht in Frage. Dafür bin ich viel zu alt. Dieser ganze zeitraubende Prozess bis zu einer richtigen kreativen Feindschaft - Kennenlernen, sich bewundern, Freundschaft knüpfen und pflegen bis zum Überdruss und schließlich fruchtbare Feindschaft mit höchster Konzentration erhalten und am Brennen halten. Nein, dafür fehlt mir die Kraft. Zunächst muss ich sehen, wie ich über den Verlust von Wilhelm hinwegkomme. Denn: einen Besseren find' ich nie.

Immer wieder werde ich nach meinem längst verstorbenen Freund Wilhelm gefragt. Es fällt mir schwer, von ihm zu erzählen. Mein Wilhelm war eben nicht, wie die vielen Wilhelms sind, mehr oder weniger einer wie der andere, nicht eben aus der Masse herausragend. Mein Wilhelm war niemandem ähnlich, weder im Aussehen noch in der Art des Sein: Mein Wilhelm war Wilhelm.